新潮文庫

濹東綺譚

永井荷風著

新潮社版

290

濹東綺譚

一

わたくしは殆《ほとん》ど活動写真を見に行ったことがない。

おぼろ気な記憶をたどれば、明治三十年頃でもあろう。神田錦町《にしきちょう》に在った貸席錦輝館で、サンフランシスコ市街の光景を写したものを見たことがあった。活動写真という言葉のできたのも恐らくはその時分からであろう。それから四十余年を過ぎた今日《こんにち》では、活動という語《ことば》は既にすたれて他のものに代《かえ》られているらしいが、初めて耳にしたものの方が口馴れて言いやすいから、わたくしは依然としてむかしの廃語をここに用いる。

震災の後《のち》、わたくしの家に遊びに来た青年作家の一人が、時勢におくれるからと言って、無理やりにわたくしを赤坂溜池《ためいけ》の活動小屋に連れて行ったことがある。何でも其頃《そのころ》非常に評判の好いものであったというが、見ればモオパッサンの短篇小説を脚色したものであったので、わたくしはあれなら写真を看《み》るにも及ばない。原作をよめばいい。その方がもっと面白いと言ったことがあった。

然《しか》し活動写真は老弱《ろうにゃく》の別《わかち》なく、今の人の喜んでこれを見て、日常の話柄《わへい》にしているものであるから、せめてわたくしも、人が何の話をしているのかと云うくらいの事は分るようにして置きたいと思って、活動小屋の前を通りかかる時には看板の画と名題とには勉《つと》めて目を向けるように心がけている。看板を一瞥《いちべつ》すれば写真を見ずとも脚色の梗概《こうがい》も想像がつくし、どういう場面が喜ばれているかと云う事も会得《えとく》せられる。

活動写真の看板を一度に最《もっと》も多く一瞥する事のできるのは浅草公園である。ここへ来ればあらゆる種類のものを一ト目に眺めて、おのずから其巧拙をも比較することができる。わたくしは下谷《したや》浅草の方面へ出掛ける時には必ず思出して公園に入り杖《つえ》を池の縁《ふち》に曳《ひ》く。

夕風も追々寒くなって来た或日のことである。一軒々々入口の看板を見尽して公園のはずれから千束町《せんぞくまち》へ出たので。右の方は言問橋《こととといばし》左の方は入谷町《いりやまち》、いずれの方へ行こうかと思案しながら歩いて行くと、四十前後の古洋服を着た男がいきなり横合から現れ出て、

「檀那《だんな》、御紹介しましょう。いかがです。」と言う。

「イヤありがとう。」と云って、わたくしは少し歩調を早めると、

「絶好のチャンスですぜ。猟奇的ですぜ。檀那。」と云って尾《つ》いて来る。

「いらない。吉原*へ行くんだ。」

ぽん引《びき》*と云うのか、源氏というのかよく知らぬが、とにかく怪し気な勧誘者を追払うために、わたくしは口から出まかせに吉原へ行くと言ったのであるが、行先の定《さだま》らない散歩の方向は、却《かえっ》てこれがために決定せられた。歩いて行く中《うち》わたくしは土手下の裏町に古本屋を一軒知っていることを思出した。

古本屋の店は、山谷堀《さんやぼり》の流が地下の暗渠《あんきょ》に接続するあたりから、大門前日本堤橋《おおもんまえにほんづつみばし》のたもとへ出ようとする薄暗い裏通に在る。裏通は山谷堀の水に沿うた片側町で、対岸は石垣の上に立続く人家の背面に限られ、此方《こなた》は土管、地瓦《ちがわら》、川土、材木などの問屋が人家の間に稍《やや》広い店口を示しているが、堀の幅の狭くなるにつれて次第に貧気《まずしげ》な小《こ》家《いえ》がちになって、夜は堀にかけられた正法寺橋《しょうほうじばし》、山谷橋《さんやばし》、地方橋《じかたばし》、髪洗橋《かみあらいばし》などいう橋の灯《ひ》がわずかに道を照すばかり。堀もつき橋もなくなると、人通りも共に途絶えてしまう。この辺で夜も割合におそくまで灯《あかり》をつけている家は、かの古本屋と煙草《たばこ》を売る荒物屋ぐらいのものであろう。

わたくしは古本屋の名は知らないが、店に積んである品物は大抵知っている。創刊当時の文芸倶楽部《クラブ》*か古いやまと新聞*の講談附録でもあれば、意外の掘出物だと思わなければならない。然しわたくしがわざわざ廻り道までして、この店をたずねるのは古本の為《ため》ではなく、古本を鬻《ひさ》ぐ亭主の人柄と、廓外《くるわそと》の裏町という情味との為である。

主人《あるじ》は頭を綺麗《きれい》に剃《そ》った小柄の老人。年は無論六十を越している。その顔立、物腰、言葉使から着物の着様に至るまで、東京の下町生粋《きっすい》の風俗を、そのまま崩さずに残しているのが、わたくしの眼には稀覯《きこう》の古書よりも寧《むし》ろ尊くまた懐《なつか》しく見える。震災のころまでは芝居や寄席《よせ》の楽屋に行くと一人や二人、こういう江戸下町の年寄に逢うことができた――たとえば音羽《おとわ》屋の男衆《おとこしゅ》の留爺《とめじい》やだの、高嶋屋の使っていた市蔵などいう年寄達であるが、今はいずれもあの世へ行ってしまった。

古本屋の亭主は、わたくしが店先の硝子戸《ガラスど》をあける時には、いつでもきまって、中《なか》仕切《じきり》の障子際《ぎわ》にきちんと坐り、円い背を少し斜に外の方へ向け、鼻の先へ落ちかかる眼鏡をたよりに、何か読んでいる。わたくしの来る時間も大抵夜の七八時ときまっているが、その度毎《たびごと》に見る老人《としより》の坐り場所も其の形も殆どきまっている。戸の明く音に、折かがんだまま、首だけひょいと此方《こなた》へ向け、「おや、入らっしゃいまし。」と眼鏡をはずし、中腰になって坐布団の塵《ちり》をぽんと叩《たた》き、匐《は》うような腰付で、それを敷きのべながら、さて丁寧に挨拶《あいさつ》をする。其言葉も様子もまた型通りに変りがない。

「相変らず何も御在《ござい》ません。お目にかけるようなものは。そうそうたしか芳譚《ほうたん》雑誌*がありました。揃《そろ》っちゃ居りませんが。」

「為永春江《ためながしゅんこう》の雑誌だろう。」

「へえ。初号がついて居りますから、まアお目にかけられます。おや、どこへ置いたかな。」と壁際に積重ねた古本の間から合本《がっぽん》五六冊を取出し、両手でぱたぱた塵をはたいて差出すのを、わたくしは受取って、

「明治十二年御届としてあるね。この時分の雑誌をよむと、生命《いのち》が延《のび》るような気がするね。魯文珍報《ろぶんちんぽう》*も全部揃ったのがあったら欲しいと思っているんだが。」

「時々出るにゃ出ますが、大抵ばらばらで御在ましてな。檀那、花月新誌*はお持合せでいらっしゃいますか。」

「持っています。」

　硝子戸の明く音がしたので、わたくしは亭主と共に見返ると、これも六十あまり。頬のこけた禿頭《はげあたま》の貧相な男が汚れた縞《しま》の風呂敷包を店先に並べた古本の上へ卸しながら、

「つくづく自動車はいやだ。今日はすんでの事に殺されるところさ。」

「便利で安くってそれで間違いがないなんて、そんなものは滅多にないよ。それでも、お前さん。怪我アしなさらなかったか。」

「お守《まもり》が割れたおかげで無事だった。衝突したなア先へ行くバスと円タクだが、思出

してもぞっとするね。実は今日鳩《はと》ヶ谷《や》の市《いち》へ行ったんだがね、妙な物を買った。昔の物はいいね。さし当り捌口《はけくち》はないんだが見るとつい道楽がしたくなる奴さ。」

禿頭は風呂敷包を解き、女物らしい小紋の単衣《ひとえ》と胴抜《どうぬき》の長襦袢《ながじゅばん》を出して見せた。小紋は鼠地の小浜《こはま》ちりめん、胴抜の袖《そで》にした友禅染も一寸《ちょっと》変ったものではあるが、いずれも維新前後のものらしく特に古代という程の品ではない。

然し浮世絵肉筆物の表装とか、近頃はやる手文庫の中張《うちば》りとか、又草双紙《くさぞうし》の帙《ちつ》などに用いたら案外いいかも知れないと思ったので、其場の出来心からわたくしは古雑誌の勘定をするついでに胴抜の長襦袢一枚を買取り、坊主頭の亭主が芳譚雑誌の合本と共に紙包にしてくれるのを抱えて外へ出た。

日本堤を往復する乗合自動車に乗るつもりで、わたくしは暫《しばら》く大門前の停留場に立っていたが、流しの円タクに声をかけられるのが煩《うるさ》いので、もと来た裏通へ曲り、電車と円タクの通らない薄暗い横町を択《えら》み択み歩いて行くと、忽《たちま》ち樹の間から言問橋の灯《あかり》が見えるあたりへ出た。川端の公園は物騒だと聞いていたので、川の岸までは行かず、電燈の明るい小径《こみち》に沿うて、鎖の引廻してある其上に腰をかけた。

実は此方《こっち》への来がけに、途中で食麵麭《しょくパン》と鑵詰《かんづめ》とを買い、風呂敷へ包んでいたので、わたくしは古雑誌と古着とを一つに包み直して見たが、風呂敷がすこし小さいばかりか、堅い物と柔いものとはどうも一緒にはうまく包めない。結局鑵詰だけは外套《がいとう》のかくしに収め、残の物を一つにした方が持ちよいかと考えて、芝生の上に風呂敷を平《たいら》にひろげ、頻《しきり》に塩梅《あんばい》を見ていると、いきなり後《うしろ》の木蔭《こかげ》から、「おい、何をしているんだ。」と云いさま、サアベルの音と共に、巡査が現れ、猿臂《えんぴ》を伸してわたくしの肩を押えた。

わたくしは返事をせず、静に風呂敷の結目《むすびめ》を直して立上ると、それさえ待どしいと云わぬばかり、巡査は後からわたくしの肱《ひじ》を突き、「其方《そっち》へ行け。」

公園の小径をすぐさま言問橋の際《きわ》に出ると、巡査は広い道路の向側に在る派出所へ連れて行き立番の巡査にわたくしを引渡したまま、急《いそが》しそうにまた何処《どこ》へか行ってしまった。

派出所の巡査は入口に立ったまま、「今時分、何処から来たんだ。」と尋問に取りかかった。

「向《むこう》の方から来た。」

「向の方とは何方《どっち》の方だ。」

「堀の方からだ。」

「堀とはどこだ。」

「真土山《まつちやま》の麓《ふもと》の山谷堀という川だ。」

「名は何と云う。」

「大江匡《おおえただす》。」*と答えた時、巡査は手帳を出したので、「匡《ただす》は匚《はこ》に王の字をかきます。一タビ天下ヲ匡スと論語にある字です。」

巡査はだまれと言わぬばかり、わたくしの顔を睨《にら》み、手を伸していきなりわたくしの外套の釦《ぼたん》をはずし、裏を返して見て、

「記号《しるし》はついていないな。」つづいて上着の裏を見ようとする。

「記章《しるし》とはどう云う記章です。」とわたくしは風呂敷包を下に置いて、上着と胴着《チョッキ》の胸を一度にひろげて見せた。

「住所は。」

「麻布区御箪笥町《おたんすまち》一丁目六番地。」

「職業は。」

「何《なん》にもしていません。」

「無職業か。年はいくつだ。」

「己の卯《つちのとう》です。」

「いくつだよ。」

「明治十二年己の卯の年。」それきり黙っていようかと思ったが、後《あと》がこわいので、

「五十八。」

「いやに若いな。」

「へへへへ。」

「名前は何と云ったね。」

「今言いましたよ。大江匡。」

「家族はいくたりだ。」

「三人。」と答えた。実は独身であるが、今日《こんにち》までの経験で、事実を云うと、いよいよ怪しまれる傾《かたむき》があるので、三人と答えたのである。

「三人と云うのは奥さんと誰だ。」巡査の方がいい様に解釈してくれる。

「嬶《かか》アとばばア。」

「奥さんはいくつだ。」

一寸窮《こま》ったが、四五年前まで姑《しばら》く関係のあった女の事を思出して、「三十一。明治三十九年七月十四日生丙午《ひのえうま》……。」

若《も》し名前をきかれたら、自作の小説中にある女の名を言おうと思ったが、巡査は何《なん》にも云わず、外套や背広のかくしを上から押え、

「これは何だ。」

「パイプに眼鏡。」

「うむ。これは。」

「鑵詰。」

「これは、紙入だね。鳥渡《ちょっと》出して見せたまえ。」

「金がはいって居ますよ。」

「いくら這入《はい》っている。」

「サア二三十円もありましょうかな。」

巡査は紙入を抜き出したが中は改めずに電話機の下に据えた卓子《テイブル》の上に置き、「その包は何だ。こっちへ這入ってほどいて見せたまえ。」

風呂敷包を解くと紙につつんだ麵麭と古雑誌まではよかったが、胴抜の艶《なまめか》しい長襦袢の片袖がだらりと下るや否《いな》や、巡査の態度と語調とは忽《たちまち》一変して、

「おい、妙なものを持っているな。」

「いや、はははは。」とわたくしは笑い出した。

「これア女のきるもんだな。」巡査は長襦袢を指先に摘《つま》み上げて、燈火にかざしながら、わたくしの顔を睨み返して、「どこから持って来た。」

「古着屋から持って来た。」

「どうして持って来た。」

「金を出して買った。」

「それはどこだ。」

「吉原の大門前。」

「いくらで買った。」

「三円七十銭。」


巡査は長襦袢を卓子の上に投捨てたなり黙ってわたくしの顔を見ているので、大方警察署へ連れて行って豚箱へ投込むのだろうと、初《はじめ》のようにからかう勇気がなくなり、此方《こっち》も巡査の様子を見詰めていると、巡査はやはりだまったままわたくしの紙入を調べ出した。紙入には入れ忘れたまま折目の破れた火災保険の仮証書と、何かの時に入用であった戸籍抄本に印鑑証明書と実印とが這入っていたのを、巡査は一枚々々静にのべひろげ、それから実印を取って篆刻《てんこく》した文字を燈火《あかり》にかざして見たりしている。大分暇がかかるので、わたくしは入口に立ったまま道路の方へ目を移した。

道路は交番の前で斜に二筋に分れ、その一筋は南千住、一筋は白鬚橋《しらひげばし》の方へ走り、それと交叉《こうさ》して浅草公園裏の大通が言問橋を渡るので、交通は夜になってもなかなか頻繁《ひんぱん》であるが、どういうことか、わたくしの尋問されるのを怪しんで立止る通行人は一人もない。向側の角のシャツ屋では女房らしい女と小僧とがこっちを見ていながら更に怪しむ様子もなく、そろそろ店をしまいかけた。

「おい。もういいからしまいたまえ。」

「別に入用なものでもありませんから……。」呟《つぶや》きながらわたくしは紙入をしまい風呂敷包をもとのように結んだ。

「もう用はありませんか。」

「ない。」

「御苦労さまでしたな。」わたくしは巻煙草《まきたばこ》も金口のウエストミンスターにマッチの火をつけ、薫《かおり》だけでもかいで置けと云わぬばかり、烟《けむり》を交番の中へ吹き散して足の向くまま言問橋の方へ歩いて行った。後で考えると、戸籍抄本と印鑑証明書とがなかったなら、大方その夜は豚箱へ入れられたに相違ない。一体古着は気味のわるいものだ。古着の長襦袢が崇《たた》りそこねたのである。

二

「失踪《しっそう》」と題する小説の腹案ができた。書き上げることができたなら、この小説はわれながら、さほど拙劣なものでもあるまいと、幾分か自信を持っているのである。

小説中の重要な人物を、種田順平《たねだじゅんぺい》という。年五十余歳、私立中学校の英語の教師である。

種田は初婚の恋女房に先立たれてから三四年にして、継妻光子《けいさいみつこ》を迎えた。光子は知名の政治家某《なにがし》の家に雇われ、夫人付の小間使となったが、主人に欺《あざむ》かれて身重になった。主家では其《その》執事遠藤某をして後の始末をつけさせた。其条件は光子が無事に産をしたなら二十個年子供の養育費として毎月五拾円を送る。其代り子供の戸籍については主家では全然与《あずか》り知らない。又光子が他へ嫁《か》する場合には相当の持参金を贈ると云うような事であった。

光子は執事遠藤の家へ引取られ男の児を産んで六十日たつか経《た》たぬ中《うち》やはり遠藤の媒介《なかだち》で中学校の英語教師種田順平なるものの後妻となった。時に光子は十九、種田は三十歳であった。

種田は初めの恋女房を失ってから、薄給な生活の前途に何の希望をも見ず、中年に近《ちか》づくに従って元気のない影のような人間になっていたが、旧友の遠藤に説きすすめられ、光子母子《おやこ》の金にふと心が迷って再婚をした。其時子供は生れたばかりで戸籍の手続もせずにあったので、遠藤は光子母子の籍を一緒に種田の家に移した。それ故後《ゆえのち》になって戸籍を見ると、種田夫婦は久しく内縁の関係をつづけていた後、長男が生れた為、初めて結婚入籍の手続をしたもののように思われる。

二年たって女の児が生れ、つづいて又男の児が生れた。

表向は長男で、実は光子の連子《つれこ》になる為年《ためとし》が丁年になった時、多年秘密の父から光子の手許《てもと》に送られていた教育費が途絶えた。約束の年限が終ったばかりではない。実父は先年病死し、其夫人もまたつづいて世を去った故である。

長女芳子と季児《すえこ》為秋《ためあき》の成長するに従って生活費は年々多くなり、種田は二三軒夜学校を掛持ちして歩かねばならない。

長男為年は私立大学に在学中、スポーツマンとなって洋行する。妹芳子は女学校を卒業するや否や活動女優の花形となった。

継妻光子は結婚当時は愛くるしい円顔であったのがいつか肥満した婆《ばば》となり、日蓮宗に凝りかたまって、信徒の団体の委員に挙げられている。

種田の家は或時は宛《さなが》ら講中の寄合所、或時は女優の遊び場、或時はスポーツの練習場もよろしくと云う有様。その騒《さわが》しさには台所にも鼠が出ないくらいである。

種田はもともと気の弱い交際嫌いな男なので、年を取るにつれて家内の喧騒《けんそう》には堪えられなくなる。妻子の好むものは悉《ことごと》く種田の好まぬものである。種田は家族の事については勉《つと》めて心を留めないようにした。おのれの妻子を冷眼に視《み》るのが、気の弱い父親のせめてもの復讐《ふくしゅう》であった。

五十一歳の春、種田は教師の職を罷《や》められた。退職手当を受取った其日、種田は家にかえらず、跡をくらましてしまった。

是《これ》より先、種田は嘗《かつ》て其家に下女奉公に来た女すみ子と偶然電車の中で邂逅《かいこう》し、其女が浅草駒形町《あさくさこまかたまち》のカフエーに働いている事を知り、一二度おとずれてビールの酔を買った事がある。

退職手当の金をふところにした其夜である。種田は初て女給すみ子の部屋借をしているアパートに行き、事情を打明けて一晩泊めてもらった……。

＊　　＊　　＊

それから先どういう風に物語の結末をつけたらいいものか、わたくしはまだ定案を得ない。

家族が捜索願を出す。種田が刑事に捕えられて説諭せられる。中年後に覚えた道楽は、むかしから七ツ下りの雨に＊譬《たと》えられているから、種田の末路はわけなくどんなにでも悲惨にすることが出来るのだ。

わたくしはいろいろに種田の堕落して行く道筋と、其折々の感情とを考えつづけている。刑事につかまって拘引《こういん》されて行く時の心持、妻子に引渡された時の当惑と面目なさ。其身になったらどんなものだろう。わたくしは山谷の裏町で女の古着を買った帰り道、巡査につかまり、路端の交番で厳しく身元を調べられた。この経験は種田の心理を描写するには最も都合の好い資料である。

小説をつくる時、わたくしの最も興を催すのは、作中人物の生活及び事件が開展する場所の選択と、その描写とである。わたくしは屢《しばしば》人物の性格よりも背景の描写に重きを置き過るような誤《あやまち》に陥ったこともあった。

わたくしは東京市中、古来名勝の地にして、震災の後新しき町が建てられて全く旧観を失った、其状況を描写したいが為に、種田先生の潜伏する場所を、本所か深川か、もしくは浅草のはずれ。さなくば、それに接した旧郡部の陋巷《ろうこう》に持って行くことにした。

これまで折々の散策に、砂町や亀井戸や、小松川、寺島町《てらじままち》あたりの景況には大略通じているつもりであったが、いざ筆を着けようとすると、俄《にわか》に観察の至らない気がして来る。曾《かつ》て、（明治三十五六年の頃）わたくしは深川洲崎遊廓《すさきゆうかく》の娼妓《しょうぎ》を主題にして小説をつくった事があるが、その時これを読んだ友人から、「洲崎遊廓の生活を描写するのに、八九月頃の暴風雨や海嘯《つなみ》のことを写さないのは杜撰《ずさん》の甚《はなは》だしいものだ。作者先生のお通いなすった甲子楼《きのえねろう》の時計台が吹倒されたのも一度や二度のことではなかろう。」と言われた。背景の描写を精細にするには季節と天候とにも注意しなければならない。例えばラフカジオ、ハーン先生の名著チタ或《あるい》はユーマの如《ごと》くに。

六月末の或夕方である。梅雨《ばいう》はまだ明けてはいないが、朝から好く晴れた空は、日の長いころの事で、夕飯をすましても、まだたそがれようともしない。わたくしは箸《はし》を擱《お》くと共にすぐさま門を出《い》で、遠く千住《せんじゅ》なり亀井戸なり、足の向く方へ行って見るつもりで、一先《ひとまず》電車で雷門《かみなりもん》まで往《ゆ》くと、丁度折好く来合せたのは寺島玉の井としてある乗合自動車である。

吾妻橋《あづまばし》をわたり、広い道を左に折れて源森橋《げんもりばし》をわたり、真直に秋葉神社の前を過ぎて、また姑《しばら》く行くと車は線路の踏切でとまった。踏切の両側には柵《さく》を前にして円タクや自転車が幾輛《いくりょう》となく、貨物列車のゆるゆる通り過るのを待っていたが、歩く人は案外少く、貧家の子供が幾組となく群《むれ》をなして遊んでいる。降りて見ると、白鬚橋から亀井戸の方へ走る広い道が十文字に交錯している。ところどころ草の生えた空地《あきち》があるのと、家並《やなみ》が低いのとで、どの道も見分《みわけ》のつかぬほど同じように見え、行先はどこへ続くのやら、何となく物淋しい気がする。

わたくしは種田先生が家族を棄てて世を忍ぶ処《ところ》を、この辺の裏町にして置いたら、玉の井の盛場も程近いので、結末の趣向をつけるにも都合がよかろうと考え、一町ほど歩いて狭い横道へ曲って見た。自転車も小脇《こわき》に荷物をつけたものは、摺《す》れちがう事が出来ないくらいな狭い道で、五六歩行くごとに曲っているが、両側とも割合に小綺《こぎ》麗《れい》な耳門《くぐりもん》のある借家が並んでいて、勤先からの帰りとも見える洋服の男や女が一人二人ずつ前後して歩いて行く。遊んでいる犬を見ても首環《くびわ》に鑑札がつけてあって、左程汚《きたな》らしくもない。忽《たちまち》にして東武鉄道玉の井停車場の横手に出た。

線路の左右に樹木の鬱然《うつぜん》と生茂《おいしげ》った広大な別荘らしいものがある。吾妻橋からここに来るまで、このように老樹の茂林《もりん》をなした処は一箇所もない。いずれも久しく手入をしないと見えて、匐《は》いのぼる蔓草《つるくさ》の重さに、竹藪《たけやぶ》の竹の低くしなっているさまや、溝際《どぶぎわ》の生垣に夕顔の咲いたのが、いかにも風雅に思われてわたくしの歩みを引止《ひきとど》めた。

むかし白髯《しらひげ》さまのあたりが寺島村だという話をきくと、われわれはすぐに五代目菊五郎の別荘を思出したものであるが、今日《こんにち》たまたまこの処にこのような庭園が残ったのを目にすると、そぞろに過ぎ去った時代の文雅を思起さずには居られない。

線路に沿うて売貸地の札を立てた広い草原が鉄橋のかかった土手際に達している。

去年頃まで京成《けいせい》電車の往復していた線路の跡で、崩れかかった石段の上には取払われた玉の井停車場の跡が雑草に蔽《おお》われて、此方《こなた》から見ると城址《しろあと》のような趣をなしている。

わたくしは夏草をわけて土手に登って見た。眼の下には遮るものもなく、今歩いて来た道と空地と新開の町とが低く見渡されるが、土手の向側は、トタン葺《ぶき》の陋屋《ろうおく》が秩序もなく、端《はて》しもなく、ごたごたに建て込んだ間から湯屋の烟突《えんとつ》が屹立《きつりつ》して、その頂きに七八日《なのようか》頃の夕月が懸っている。空の一方には夕栄《ゆうばえ》の色が薄く残っていながら、月の色には早くも夜らしい輝きができ、トタン葺の屋根の間々からはネオンサインの光と共にラディオの響が聞え初める。

わたくしは脚下《あしもと》の暗くなるまで石の上に腰をかけていたが、土手下の窓々にも灯がついて、むさくるしい二階の内《なか》がすっかり見下されるようになったので、草の間に残った人の足跡を辿《たど》って土手を降りた。すると意外にも、其処《そこ》はもう玉の井の盛場を斜に貫く繁華な横町の半程《なかほど》で、ごたごた建て連った商店の間の路地口には「ぬけられます」とか、「安全通路」とか、「京成バス近道」とか、或は「オトメ街」或は「賑本通《にぎわいほんどおり》」など書いた灯がついている。

大分その辺を歩いた後、わたくしは郵便箱の立っている路地口の煙草屋《たばこや》で、煙草を買い、五円札の剰銭《つり》を待っていた時である。突然、「降ってくるよ。」と叫びながら、白い上ッ張を着た男が向側のおでん屋らしい暖簾《のれん》のかげに馳《か》け込むのを見た。つづいて割烹着《かっぽうぎ》の女や通りがかりの人がばたばた馳け出す。あたりが俄に物気立《ものけだ》つかと見る間もなく、吹落る疾風に葭簀《よしず》や何かの倒れる音がして、紙屑《かみくず》と塵芥《ごみ》とが物の怪《け》のように道の上を走って行く。やがて稲妻が鋭く閃《ひらめ》き、ゆるやかな雷《らい》の響につれて、ポッリポツリと大きな雨の粒が落ちて来た。あれほど好く晴れていた夕方の天気は、いつの間にか変ってしまったのである。

わたくしは多年の習慣で、傘《かさ》を持たずに門を出ることは滅多にない。いくら晴れていても入梅中のことなので、其日も無論傘と風呂敷とだけは手にしていたから、さして驚きもせず、静にひろげる傘の下から空と町のさまとを見ながら歩きかけると、いきなり後方《うしろ》から、「檀那《だんな》、そこまで入れてってよ。」といいさま、傘の下に真白な首を突込んだ女がある。油の匂《におい》で結ったばかりと知られる大きな潰島田《つぶし》には長目に切った銀糸《ぎんし》をかけている。わたくしは今方通りがかりに硝子戸《ガラスど》を明け放した女髪結《かみゆい》の店のあった事を思出した。

吹き荒れる風と雨とに、結立《ゆいたて》の髷《まげ》にかけた銀糸の乱れるのが、いたいたしく見えたので、わたくしは傘をさし出して、「おれは洋服だからかまわない。」

実は店つづきの明い燈火に、さすがのわたくしも相合傘《あいあいがさ》には少しく恐縮したのである。

「じゃ、よくって。すぐ、そこ。」と女は傘の柄につかまり、片手に浴衣《ゆかた》の裾《すそ》を思うさままくり上げた。

三

稲妻がまたぴかりと閃き、雷がごろごろと鳴ると、女はわざとらしく「あら」と叫び、一歩《ひとあし》後《おく》れて歩こうとするわたくしの手を取り、「早くさ。あなた。」ともう馴れ馴れしい調子である。

「いいから先へお出で。ついて行くから。」

路地へ這入《はい》ると、女は曲るたび毎《ごと》に、迷わぬようにわたくしの方に振返りながら、やがて溝《どぶ》にかかった小橋をわたり、軒並一帯に葭簀《よしず》の日蔽《ひおい》をかけた家の前に立留った。

「あら、あなた。大変に濡《ぬ》れちまったわ。」と傘をつぼめ、自分のものよりも先に掌《てのひら》でわたくしの上着の雫《しずく》を払う。

「ここがお前の家《うち》か。」

「拭《ふ》いて上げるから、寄っていらっしゃい。」

「洋服だからいいよ。」

「拭いて上げるっていうのにさ。わたしだってお礼がしたいわよ。」

「どんなお礼だ。」

「だから、まアお這入んなさい。」

雷《かみなり》の音は少し遠くなったが、雨は却《かえっ》て礫《つぶて》を打つように一層激しく降りそそいで来た。軒先に掛けた日蔽の下に居ても跳上《はねあが》る飛沫《しぶき》の烈《はげ》しさに、わたくしはとやかく言う暇《いとま》もなく内へ這入った。

荒い大阪格子《ごうし》を立てた中仕切へ、鈴のついたリボンの簾《すだれ》が下げてある。其《その》下の上框《あがりがまち》に腰をかけて靴を脱ぐ中《うち》に女は雑巾《ぞうきん》で足をふき、端折《はしょ》った裾もおろさず下座敷の電燈をひねり、

「誰もいないから、お上んなさい。」

「お前一人か。」

「ええ。昨夜《ゆうべ》まで、もう一人居たのよ。住替《すみかえ》に行ったのよ。」

「お前さんが御主人かい。」

「いいえ。御主人は別の家《うち》よ。玉の井館ッて云う寄席《よせ》があるでしょう。その裏に住宅《すまい》があるのよ。毎晩十二時になると帳面を見にくるわ。」

「じゃアのん気だね。」わたくしはすすめられるがまま長火鉢の側《そば》に坐り、立膝《たてひざ》して茶を入れる女の様子を見やった。

年は二十四五にはなっているであろう。なかなかいい容貌《きりょう》である。鼻筋の通った円顔は白粉焼《おしろいやけ》がしているが、結立《ゆいたて》の島田の生際《はえぎわ》もまだ抜上《ぬけあが》ってはいない。黒目勝の眼の中も曇っていず唇や歯ぐきの血色を見ても、其健康はまださして破壊されても居ないように思われた。

「この辺は井戸か水道か。」とわたくしは茶を飲む前に何気なく尋ねた。井戸の水だと答えたら、茶は飲む振りをして置く用意である。

わたくしは花柳病よりも寧《むし》チブスのような伝染病を恐れている。肉体的よりも夙《はや》くから精神的癈人《はいじん》になったわたくしの身には、花柳病の如き病勢の緩慢なものは、老後の今日、さして気にはならない。

「顔でも洗うの。水道なら其処《そこ》にあるわ。」と女の調子は極めて気軽である。

「うむ。後でいい。」

「上着だけおぬぎなさい。ほんとに随分濡れたわね。」

「ひどく降ってるな。」

「わたし雷さまより光るのがいやなの。これじゃお湯にも行けやしない。あなた。まだいいでしょう。わたし顔だけ洗って御化粧《おしまい》してしまうから。」

女は口をゆがめて、懐紙《ふところがみ》で生際の油をふきながら、中仕切の外の壁に取りつけた洗面器の前に立った。リボンの簾越しに、両肌《もろはだ》をぬぎ、折りかがんで顔を洗う姿が見える。肌は顔よりもずっと色が白く、乳房の形で、まだ子供を持った事はないらしい。

「何だか檀那になったようだな。こうしていると。簞笥《たんす》はあるし、茶棚はあるし……。」

「あけて御覧なさい。お芋か何かある筈《はず》よ。」

「よく片づいているな。感心だ。火鉢の中なんぞ。」

「毎朝、掃除だけはちゃんとしますもの。わたし、こんな処にいるけれど、世帯持は上手なのよ。」

「長くいるのかい。」

「まだ一年と、ちょっと……。」

「この土地が初めてじゃないんだろう。芸者でもしていたのかい。」

汲《く》みかえる水の音に、わたくしの言うことが聞えなかったのか、又は聞えない振りをしたのか、女は何とも答えず、肌ぬぎのまま、鏡台の前に坐り毛筋棒《けすき》で鬢《びん》を上げ、肩の方から白粉をつけ初める。

「どこに出ていたんだ。これぱかりは隠せるものじゃない。」

「そう……でも東京じゃないわ。」

「東京のいまわりか。」

「いいえ。ずっと遠く……。」

「じゃ、満洲……。」

「宇都の宮にいたの。着物もみんなその時分のよ。これで沢山だわねえ。」と言いながら立上って、衣紋竹《えもんだけ》に掛けた裾模様の単衣物《ひとえ》に着かえ、赤い弁慶縞《べんけいじま》の伊達締《だてじめ》を大きく前で結ぶ様子は、少し大き過る潰島田の銀糸とつりあって、わたくしの目にはどうやら明治年間の娼妓のように見えた。女は衣紋を直しながらわたくしの側に坐り、茶ぶ台の上からバットを取り、

「縁起だから御祝儀《しゅうぎ》だけつけて下さいね。」と火をつけた一本を差出す。

わたくしは此《こ》の土地の遊び方をまんざら知らないのでもなかったので、

「五十銭だね。おぶ代《だい》は。」

「ええ。それはおきまりの御規則通りだわ。」と笑いながら出した手の平を引込まさず、そのまま差伸している。

「じゃ、一時間ときめよう。」

「すみませんね。ほんとうに。」
「その代り。」と差出した手を取って引寄せ、耳元に囁《ささや》くと、
「知らないわよ。」と女は目を見張って睨返《にらみかえ》し、「馬鹿。」と言いさまわたくしの肩を撲《う》った。

為永春水《ためながしゅんすい》の小説を読んだ人は、作者が叙事のところどころに自家弁護の文を挟《さしはさ》んでいることを知っているであろう。初恋の娘が恥しさを忘れて思う男に寄添うような情景を書いた時には、その後で、読者はこの娘がこの場合の様子や言葉使のみを見て、淫奔娘《いたずらもの》だと断定してはならない。深窓の女《じょ》も意中を打明ける場合には芸者も及ばぬ艶《なまめか》しい様子になることがある。また、既に里馴れた遊女が偶然幼馴染《おさななじみ》の男にめぐり会うところを写した時には、商売人《くろと》でも斯《こ》う云う時には娘のようにもじもじするもので、これはこの道の経験に富んだ人達の皆承知しているところで、作者の観察の至らないわけではないのだから、そのつもりでお読みなさいと云うような事が書添えられている。

わたくしは春水に倣《なら》って、ここに剰語を加える。読者は初めて路傍で逢った此女《このおんな》が、わたくしを遇する態度の馴々し過るのを怪しむかも知れない。然《しか》しこれは実地の遭遇

を潤色せずに、そのまま記述したのに過ぎない。何の作意も無いのである。驟雨《しゅうう》雷鳴から事件の起ったのを見て、これまた作者常套《じょうとう》の筆法だと笑う人もあるだろうが、わたくしは之《これ》を慮《おもんぱか》るがために、わざわざ事を他に設けることを欲しない。夕立が手引をした此夜の出来事が、全く伝統的に、お誂《あつらい》通りであったのを、わたくしは却て面白く思い、実はそれが書いて見たいために、この一篇に筆を執り初めたわけである。

一体、この盛場の女は七八百人と数えられているそうであるが、その中に、島田や丸髷に結っているものは、十人に一人くらい。大体は女給まがいの日本風と、ダンサア好みの洋装とである。雨宿《あまやどり》をした家の女が極く少数の旧風に属していた事も、どうやら陳腐の筆法に適当しているような心持がして、わたくしは事実の描写を傷《きずつ》けるに忍びなかった。

雨は歇《や》まない。

初め家《うち》へ上った時には、少し声を高くしなければ話が聞きとれない程の降り方であったが、今では戸口へ吹きつける風の音も雷《かみなり》の響も歇んで、亜鉛葺《とたんぶき》の屋根を撲つ雨の音と、雨だれの落ちる声ばかりになっている。路地には久しく人の声も跫音《あしおと》も途絶えていたが、突然、

「アラアラ大変だ。きいちゃん。鰌《どじょう》が泳いでるよ。」という黄いろい声につれて下駄

の音がしだした。

　女はつと立ってリボンの間から土間の方を覗《のぞ》き、「家《うち》は大丈夫だ。溝《どぶ》があふれると、此方《こっち》まで水が流れてくるんですよ。」

「少しは小降りになったようだな。」

「宵の口に降るとお天気になっても駄目なのよ。だから、ゆっくりしていらっしゃい。わたし、今の中《うち》に御飯たべてしまうから。」

　女は茶棚の中から沢庵漬《たくあんづけ》を山盛りにした小皿と、茶漬茶碗《ぢゃわん》と、それからアルミの小《こ》鍋《なべ》を出して、鳥渡蓋《ちょっとふた》をあけて匂《におい》をかぎ、長火鉢の上に載せるのを、何かと見れば薩摩《さつま》芋《いも》の煮たのである。

「忘れていた。いいものがある。」とわたくしは京橋で乗換の電車を待っていた時、浅草海苔《のり》を買ったことを思い出して、それを出した。

「奥さんのお土産《みやげ》。」

「おれは一人なんだよ。食べるものは自分で買わなけれア。」

「アパートで彼女と御一緒。ほほほほ。」

「それなら、今時分うろついちゃア居られない。雨でも雷でも、かまわず帰るさ。」

「そうねえ。」と女はいかにも尤《もっとも》だと云うような顔をして暖くなりかけたお鍋の蓋を取り、「一緒にどう。」

「もう食べて来た。」

「じゃア。あなたは向《むこう》をむいていらっしゃい。」

「御飯は自分で炊《た》くのかい。」

「住宅《すまい》の方から、お昼と夜の十二時に持って来てくれるのよ。」

「お茶を入れ直そうかね。お湯がぬるい。」

「あら。はばかりさま。ねえ。あなた。話をしながら御飯をたべるのは楽しみなものね。」

「一人ッきりの、すっぽり飯はいやだな。」

「全くよ。じゃア、ほんとにお一人。かわいそうねえ。」

「察しておくれだろう。」

「いいの、さがして上げるわ。」

女は茶漬を二杯ばかり。何やらはしゃいだ調子で、ちゃらちゃらと茶碗の中で箸《はし》をゆすぎ、さも急《いそが》しそうに皿小鉢を手早く茶棚にしまいながらも、頤《おとがい》を動して込上げる沢庵漬のおくびを押えつけている。

戸外《そと》には人の足音と共に「ちょいとちょいと」と呼ぶ声が聞え出した。

「歇んだようだ。また近い中に出て来よう。」

「きっと入《い》らっしゃいね。昼間でも居ます。」

女はわたくしが上着をきかけるのを見て、後へ廻り襟《えり》を折返しながら肩越しに頰を摺付《すりつ》けて、「きっとよ。」

「何て云う家《うち》だ。ここは。」

「今、名刺あげるわ。」

靴をはいている間《あいだ》に、女は小窓の下に置いた物の中から三味線のバチの形に切った名刺を出してくれた。見ると寺島町七丁目六十一番地（二部）安藤まさ方雪子。

「さよなら。」

「まっすぐにお帰んなさい。」

四

小説「失踪《しっそう》」の一節

吾妻橋のまん中ごろと覚しい欄干に身を倚《よ》せ、種田順平は松屋の時計を眺めては来かかる人影に気をつけている。女給のすみ子が店をしまってからわざわざ廻り道をして来るのを待合《まちあわ》しているのである。

橋の上には円タクの外《ほか》電車もバスももう通っていなかったが、二三日前から俄《にわか》の暑さに、シャツ一枚で涼んでいるものもあり、包をかかえて帰りをいそぐ女給らしい女の往き来もまだ途絶えずにいる。種田は今夜すみ子の泊っているアパートに行き、それからゆっくり行末の目当を定めるつもりなので、行った先で、女がどうなるものやら、そんな事は更に考えもせず、又考える余裕もない。唯今日《ただこんにち》まで二十年の間家族のために一生を犠牲にしてしまった事が、いかにもにがにがしく、腹が立ってならないのであった。

「お待ちどうさま。」思ったより早くすみ子は小走りにかけて来た。「いつでも、駒形《こまかた》橋《ばし》をわたって行くんですよ。だけれど、兼子さんと一緒だから。あの子、口がうるさいからね。」

「もう電車はなくなったようだぜ。」

「歩いたって、停留場三つぐらいだわ。その辺から円タクに乗りましょう。」

「明いた部屋があればいいが。」

「無かったら今夜一晩ぐらい、わたしのとこへお泊んなさい。」

「いいのか、大丈夫か。」

「何がさ。」

「いつか新聞に出ていたじゃないか。アパートでつかまった話が……。」

「場所によるんだわ。きっと。わたしの処《ところ》なんか自由なもんよ。お隣も向側もみんな女給さんかお妾《めかけ》さんよ。お隣りなんか、いろいろな人が来るらしいわ。」

橋を渡り終らぬ中に流しの円タクが秋葉神社の前まで三十銭で行く事を承知した。

「すっかり変ってしまったな。電車はどこまで行くんだ。」

「向嶋の終点。秋葉さまの前よ。バスなら真直に玉の井まで行くわ。」

「玉の井――こんな方角だったかね。」

「御存じ。」

「たった一度見物に行った。五六年前だ。」

「賑《にぎやか》よ。毎晩夜店が出るし、原っぱに見世物もかかるわ。」

「そうか。」

種田は通過《とおりすぎ》る道の両側を眺めている中、自動車は早くも秋葉神社の前に来た。すみ子は戸の引手を動しながら、

「ここでいいわ。はい。」と賃銭をわたし、「そこから曲りましょう。あっちは交番があるから。」

神社の石垣について曲ると片側は花柳界の灯《あかり》がつづいている横町の突当り。俄に暗い空地の一隅に、吾妻アパートという灯が、セメント造りの四角な家の前面を照している。すみ子は引戸をあけて内《なか》に入り、室の番号をしるした下駄箱に草履をしまうので、種田も同じように履物を取り上げると、

「二階へ持って行きます。目につくから。」とすみ子は自分のスリッパーを男にはかせ、その下駄を手にさげて正面の階段を先に立って上る。

外側の壁や窓は西洋風に見えるが、内《なか》は柱の細い日本造りで、ぎしぎし音のする階段を上りきった廊下の角に炊事場があって、シュミイズ一枚の女が、断髪を振乱したまま薬罐《やかん》に湯をわかしていた。

「今晩。」とすみ子は軽く挨拶《あいさつ》をして右側のはずれから二番目の扉を鍵《かぎ》であけた。

畳のよごれた六畳ほどの部屋で、一方は押入、一方の壁際《かべぎわ》には箪笥《たんす》、他の壁には浴衣《ゆかた》やボイルの寝間着がぶら下げてある。すみ子は窓を明けて、「ここが涼しいわ。」と腰巻や足袋《たび》の下っている窓の下に座布団を敷いた。

「一人でこうしていれば全く気楽だな。結婚なんか全く馬鹿らしくなるわけだな。」

「家《うち》ではしょっちゅう帰って来いッて云うのよ。だけれど、もう駄目ねえ。」

「僕ももう少し早く覚醒《かくせい》すればよかったのだ。今じゃもう晩《おそ》い。」と種田は腰巻の干

してある窓越しに空の方を眺めたが、思出したように、「明間《あきま》があるか、きいてくれないか。」

すみ子は茶を入れるつもりと見えて、湯わかしを持ち、廊下へ出て何やら女同士で話をしていたが、すぐ戻って来て、

「向《むこう》の突当りが明いているそうです。だけれど今夜は事務所のおばさんが居ないんですとさ。」

「じゃ、借りるわけには行かないな。今夜は。」

「一晩や二晩、ここでもいいじゃないの。あんたさえ構わなければ。」

「おれはいいが。あんたはどうする。」と種田は眼を円くした。

「わたし。此処《ここ》に寝るわ。お隣りの君ちゃんのとこへ行ってもいいのよ。彼氏が来ていなければ。」

「あんたの処《とこ》は誰も来ないのか。」

「ええ。今のところ。だから構わないのよ。だけれど、先生を誘惑してもわるいでしょう。」

種田は笑いたいような、情ないような一種妙な顔をしたまま何とも言わない。

「立派な奥さんもお嬢さんもいらっしゃるんだし……。」

「いや、あんなもの。晩蒔《おそまき》でもこれから新生涯に入るんだ。」

「別居なさるの。」

「うむ。別居。むしろ離別さ。」

「だって、そうはいかないでしょう。なかなか。」

「だから、考えているんだ。乱暴でも何でもかまわない。一時姿を晦《くら》ますんだな。そうすれば決裂の糸口がつくだろうと思うんだ。すみ子さん。明部屋のはなしが付かなければ、迷惑をかけても済まないから、僕は今夜だけ何処《どこ》かで泊ろう。玉の井でも見物しよう。」

「先生。わたしもお話したいことがあるのよ。どうしようかと思って困ってる事があるのよ。今夜は寝ないで話をして下さらない。」

「この頃はじき夜があけるからね。」

「このあいだ横浜までドライブしたら、帰り道には明くなったわ。」

「あんたの身上話は、初めッから聞いたら、女中で僕の家《いえ》へ来るまででも大変なものだろう。それから女給になってから、まだ先があるんだからな。」

「一晩じゃ足りないかも知れないわね。」

「全く……はははは。」

一時《ひとしきり》寂《しん》としていた二階のどこやらから、男女の話声が聞え出した。炊事場では又しても水の音がしている。すみ子は真実夜通し話をするつもりと見えて、帯だけ解いて丁寧に畳み、足袋を其上《そのうえ》に載せて押入にしまい、それから茶ぶ台の上を拭直《ふきなお》して茶を入れながら、

「わたしのこうなった訳、先生は何だと思って。」

「さア、やっぱり都会のあこがれだと思うんだが、そうじゃないのか。」

「それも無論そうだけれど、それよりか、わたし父の商売が、とてもいやだったの。」

「何だね。」

「親分とか俠客《きょうかく》とかいうんでしょう。とにかく暴力団……。」とすみ子は声を低くした。

五

梅雨《つゆ》があけて暑中になると、近鄰《きんりん》の家の戸障子が一斉に明け放されるせいでもあるか、他の時節には聞えなかった物音が俄《にわか》に耳立ってきこえて来る。物音の中で最もわたくしを苦しめるものは、板塀《いたべい》一枚を隔てた鄰家のラディオである。

夕方少し涼しくなるのを待ち、燈下の机に向おうとすると、丁度その頃から亀裂《ひび》の入《い》ったような鋭い物音が湧起《わきおこ》って、九時過ぎてからでなくては歇《や》まない。此《こ》の物音の中でも、殊《こと》に甚《はなはだ》しくわたくしを苦しめるものは九州弁の政談、浪花節《なにわぶし》、それから学生の演劇に類似した朗読に洋楽を取り交ぜたものである。ラディオばかりでは物足らないと見えて、昼夜時間をかまわず蓄音機で流行唄《はやりうた》を鳴《な》らし立てる家もある。ラディオの物音を避けるために、わたくしは毎年夏になると夕飯《ゆうめし》もそこそこに、或時は夕飯も外で食うように、六時を合図にして家を出ることにしている。ラディオは家を出れば聞えないというわけではない。道端の人家や商店からは一段烈《はげ》しい響が放たれているのであるが、電車や自動車の響と混淆《こんこう》して、市街一般の騒音となって聞えるので、書斎に孤坐している時にくらべると、歩いている時の方が却《かえっ》て気にならず、余程楽である。「失踪」の草稿は梅雨があけると共にラディオに妨げられ、中絶してからもう十日あまりになった。どうやら其《その》まま感興も消え失《う》せてしまいそうである。

今年の夏も、昨年また一昨年と同じように、毎日まだ日の没しない中《うち》から家を出るが、実は行くべきところ、歩むべきところが無い。神代帚葉翁《こうじろそうようおう》*が生きていた頃には毎夜欠かさぬ銀座の夜涼みも、一夜《いちや》ごとに興味の加《くわわ》るほどであったのが、其人も既に世を去り、街頭の夜色にも、わたくしはもう飽果《あきは》てたような心持になっている。之《これ》に加えて、其後銀座通にはうっかり行かれないような事が起った。それは震災前《ぜん》新橋の芸者家に出入していたと云う車夫が今は一見して人殺しでもしたことのありそうな、人相と風体《ふうてい》の悪い破落戸《ならずもの》になって、折節《おりふし》尾張町辺を徘徊《はいかい》し、むかし見覚えのあるお客の通るのを見ると無心難題を言いかける事である。

最初《はじめ》黒沢商店の角で五拾銭銀貨を恵んだのが却て悪い例となり、恵まれぬ時は悪声を放つので、人だかりのするのが厭《いや》さにまた五拾銭やるようになってしまう。此男に酒手《さかて》の無心をされるのはわたくしばかりではあるまいと思って、或晩欺《あざむ》いて四辻の派出所へ連れて行くと、立番の巡査とはとうに馴染《なじみ》になっていて、巡査は面倒臭さに取り合ってくれる様子をも見せなかった。出雲町《いずもちょう》……イヤ七丁目の交番でも、或日巡査と笑いながら話をしているのを見た。巡査の眼にはわたくしなどより此男の方が却て素姓が知れているのかも知れない。

わたくしは散策の方面を隅田河の東に替え、溝際《どぶぎわ》の家に住んでいるお雪という女をたずねて憩《やす》むことにした。

四五日つづけて同じ道を往復すると、麻布《あざぶ》からの遠道も初めに比べると、だんだん苦にならないようになる。京橋と雷門《かみなりもん》との乗替も、習慣になると意識よりも身体《からだ》の方が先に動いてくれるので、さほど煩《わずらわ》しいとも思わないようになる。乗客の雑沓《ざっとう》する時間や線路が、日によって違うことも明《あきらか》になるので、之を避けさえすれば、遠道だけにゆっくり本を読みながら行くことも出来るようになる。

電車の内《なか》での読書は、大正九年の頃老眼鏡を掛けるようになってから全く廃せられていたが、雷門までの遠道を往復するようになって再び之を行うことにした。然《しか》し新聞も雑誌も新刊書も、手にする習慣がないので、わたくしは初めての出掛けには、手に触れるがまま依田学海《よだがくかい》*の墨水二十四景記を携えて行った。

長堤蜿蜒*。経㆓三囲祠㆒稍成㆓彎状㆒。至㆓長命寺㆒。一折為㆓桜樹最多処㆒。寛永中徳川大猷公放㆓鷹於此㆒。会腹痛。飲㆓寺井㆒而癒。曰。是長命水也。因名㆓其井㆒。並及㆓寺号㆒。後有㆓芭蕉居士賞㆑雪佳句㆒。鱠㆓炙人口㆒。嗚呼公絶代豪傑。其名震㆑世。宜矣。居士不㆓過一布衣㆒。同伝㆑於㆑後。蓋人在㆘所㆓樹立㆒何如㆖耳。

先儒の文は目前の景に対して幾分の興を添えるだろうと思ったからである。

わたくしは三日目ぐらいには散歩の途《みち》すがら食料品を買わねばならない。わたくしは其ついでに、女に贈る土産物をも買った。此事が往訪すること僅《わずか》に四五回にして、二重の効果を収めた。

いつも鑵詰《かんづめ》ばかり買うのみならず、シャツや上着もボタンの取れたのを着ているのを見て、女はいよいよわたくしをアパート住いの独者《ひとりもの》と推定したのである。独身ならば毎夜のように遊びに行っても一向不審はないと云う事になる。ラディオのために家に居られないと思う筈《はず》もなかろうし、又芝居や活動を見ないので、時間を空費するところがない。行く処がないので来る人だとも思う筈がない。この事は言訳をせずとも自然にうまく行ったが、金の出処《でどころ》について疑いをかけられはせぬかと、場所柄だけに、わたくしはそれとなく質問した。すると女は其晩払うものさえ払ってくれれば、他《ほか》の事はてんで考えてもいないと云う様子で、

「こんな処《とこ》でも、遣《つか》う人は随分遣うわよ。まる一ト月居続けしたお客があったわ。」

「へえ。」とわたくしは驚き、「警察へ届けなくってもいいのか。吉原なんかだとじき届けると云う話じゃないか。」

「この土地でも、家《うち》によっちゃアするかも知れないわ。」

「居続けしたお客は何だった。泥棒か。」

「呉服屋さんだったわ。とうとう店の檀那《だんな》が来て連れて行ったわ。」

「勘定の持逃げだね。」

「そうでしょう。」

「おれは大丈夫だよ。其方《そのほう》は。」と言ったが、女はどちらでも構わないという顔をして聞返しもしなかった。

然しわたくしの職業については、女の方ではとうから勝手に取りきめているらしい事がわかって来た。

二階の襖《ふすま》に半紙四ツ切程の大きさに複刻した浮世絵の美人画が張交《はりまぜ》にしてある。その中には歌麿呂の鮑取《あわび》り、豊信《とよのぶ》の入浴美女など、曾《かつ》てわたくしが雑誌此花《このはな》の挿絵《さしえ》で見覚えているものもあった。北斎の三冊本、福徳和合人の中から、男の姿を取り去り、女の方ばかりを残したものもあったので、わたくしは委《くわ》しくこの書の説明をした。それから又、お雪がお客と共に二階へ上っている間、わたくしは下の一ト間で手帳へ何か書いていたのを、ちらと見て、てっきり秘密の出版を業とする男だと思ったらしく、こん度来る時そういう本を一冊持って来てくれと言出した。

家には二三十年前に集めたものの残りがあったので、請《こ》われるまま三四冊一度に持って行った。ここに至って、わたくしの職業は言わず語らず、それと決められたのみならず、悪銭の出処《でどころ》もおのずから明瞭《めいりょう》になったらしい。すると女の態度は一層打解けて、全く客扱いをしないようになった。

日蔭《ひかげ》に住む女達が世を忍ぶ後暗い男に対する時、恐れもせず嫌いもせず、必ず親密と愛憐《あいれん》との心を起す事は、夥多《かた》の実例に徴して深く説明するにも及ぶまい。鴨川《かもがわ》の芸妓は幕吏に追われる志士を救い、寒駅の酌婦は関所破りの博徒に旅費を恵むことを辞さなかった。トスカは逃竄《とうざん》の貧士に食を与え、三千歳《みちとせ》は無頼漢に恋愛の真情を捧《ささ》げて悔いなかった。

此《ここ》に於《おい》てわたくしの憂慮するところは、この町の附近、若《も》しくは東武電車の中などで、文学者と新聞記者とに出会わぬようにする事だけである。この他《た》の人達には何処で会おうと、後をつけられようと、一向に差閊《さしつかえ》はない。謹厳な人達からは年少の頃から見限られた身である。親類の子供もわたくしの家には寄りつかないようになっているから、今では結局憚《はばか》るものはない。ただ独《ひと》り恐る可《べ》きは操觚《そうこ》の士*である。十余年前銀座の表通に頻《しきり》にカフエーが出来はじめた頃、此に酔を買った事から、新聞と云う新聞は挙《こぞ》ってわたくしを筆誅《ひっちゅう》した。昭和四年の四月「文藝春秋」という雑誌は、世に「生存させて置いてはならない」人間としてわたくしを攻撃した。其文中には「処女誘《ゆう》拐《かい》」というが如《ごと》き文字をも使用した所を見るとわたくしを陥れて犯法の罪人たらしめようとしたものかも知れない。彼等はわたくしが夜窃《ひそか》に墨水*をわたって東に遊ぶ事を探知したなら、更に何事を企図するか測りがたい。これ真に恐る可きである。

毎夜電車の乗降りのみならず、この里へ入込んでからも、夜店の賑《にぎわ》う表通は言うまでもない。路地の小径《こみち》も人の多い時には、前後左右に気を配って歩かなければならない。この心持は「失踪《しっそう》」の主人公種田順平が世をしのぶ境遇を描写するには必須《ひっしゅ》の実験であろう。

六

わたくしの忍んで通う溝際《どぶぎわ》の家が寺島町七丁目六十何番地に在ることは既に識《しる》した。この番地のあたりはこの盛場では西北の隅《すみ》に寄ったところで、目貫《めぬき》の場所ではない。仮に之を北里に譬《たと》えて見たら、京町一丁目も西河岸《にしがし》に近いはずれとでも言うべきものであろう。聞いたばかりの話だから、鳥渡通《ちょっとつう》めかして此盛場の沿革を述べようか。大正七八年の頃、浅草観音堂裏手の境内が狭《せば》められ、広い道路が開かれるに際して、むかしから其辺に櫛比《しっぴ》していた楊弓場《ようきゅうば》銘酒屋のたぐいが悉《ことごと》く取払いを命ぜられ、現在《いま》でも京成バスの往復している大正道路の両側に処定めず店を移した。つづいて伝法院の横手や江川《えがわ》玉乗りの裏あたりからも追われて来るものが引きも切らず、大正道路は殆《ほとんど》軒並銘酒屋になってしまい、通行人は白昼でも袖《そで》を引かれ帽子を奪われるようになったので、警察署の取締りが厳しくなり、車の通る表通から路地の内へと引込ませられた。浅草の旧地では凌雲閣《りょううんかく》*の裏手から公園の北側千束町の路地に在ったものが、手を尽して居残りの策を講じていたが、それも大正十二年の震災のために中絶し、一時悉くこの方面へ逃げて来た。市街再建の後西見番《にしけんばん》と称する芸者家組合をつくり転業したもののもあったが、この土地の繁栄はますます盛になり遂《つい》に今日の如き半ば永久的な状況を呈するに至った。初め市中との交通は白髯橋《しらひげばし》の方面一筋だけであったので、去年京成電車が運転を廃止する頃までは其停留場に近いところが一番賑《にぎやか》であった。

然《しか》るに昭和五年の春都市復興祭の執行せられた頃、吾妻橋から寺島町に至る一直線の道路が開かれ、市内電車は秋葉神社前まで、市営バスの往復は更に延長して寺島町七丁目のはずれに車庫を設けるようになった。それと共に東武鉄道会社が盛場の西南に玉の井駅を設け、夜も十二時まで雷門から六銭で人を載せて来るに及び、町の形勢は裏と表と、全く一変するようになった。今まで一番わかりにくかった路地が、一番入り易《やす》くなった代り、以前目貫といわれた処が、今では端《はず》れになったのであるがそれでも銀行、郵便局、湯屋、寄席《よせ》、活動写真館、玉の井稲荷《いなり》の如きは、いずれも以前のまま大正道路に残っていて、俚俗《りぞく》広小路、又は改正道路と呼ばれる新しい道には、円タクの輻湊《ふくそう》と、夜店の賑いとを見るばかりで、巡査の派出所も共同便所もない。このような辺鄙《へんぴ》な新開町に在ってすら、時勢に伴う盛衰の変は免れないのであった。況《いわん》や人の一生に於いてをや。

わたくしがふと心易くなった溝際の家……お雪という女の住む家が、この土地では大正開拓期の盛時を想起《おもいおこ》させる一隅に在ったのも、わたくしの如き時運に取《と》り残された身には、何やら深い因縁があったように思われる。其家は大正道路から唯ある路地に入り、汚れた幟《のぼり》の立っている伏見稲荷の前を過ぎ、溝に沿うて、猶《なお》奥深く入り込んだ処に在るので、表通のラディオや蓄音機の響も素見客《ひやかし》の足音に消されてよくは聞えない。夏の夜、わたくしがラディオのひびきを避けるにはこれほど適した安息処は他にはあるまい。

一体この盛場では、組合の規則で女が窓に坐る午後四時から蓄音機やラディオを禁じ、また三味線をも弾《ひ》かせないと云う事で。雨のしとしとと降る晩など、ふけるにつれて、ちょいとちょいとの声も途絶えがちになると、家の内外《うちそと》に群《むらが》り鳴く蚊の声が耳立って、いかにも場末の裏町らしい佗《わび》しさが感じられて来る。それも昭和現代の陋巷《ろうこう》ではなくして、鶴屋南北*の狂言などから感じられる過去の世の裏淋しい情味である。

いつも島田か丸髷《まるまげ》にしか結っていないお雪の姿と、溝の汚さと、蚊の鳴声《なくこえ》とはわたくしの感覚を著しく刺戟《しげき》し、三四十年むかしに消え去った過去の幻影を再現させてくれるのである。わたくしはこのはかなくも怪し気なる幻影の紹介者に対して出来得ることならあからさまに感謝の言葉を述べたい。お雪さんは南北の狂言を演じる俳優よりも、蘭蝶《らんちょう》を語る鶴賀なにがしよりも、過去を呼返す力に於ては一層巧妙なる無言の芸術家であった。

　わたくしはお雪さんが飯櫃《おはち》を抱きかかえるようにして飯をよそい、さらさら音を立てて茶漬《ちゃづけ》を掻込《かっこ》む姿を、あまり明くない電燈の光と、絶えざる溝蚊《どぶか》の声の中にじっと眺めやる時、青春のころ狎《な》れ昵《した》しんだ女達の姿やその住居《すまい》のさまをありありと目の前に思浮べる。わたくしのものばかりでない。友達の女の事までが思出されて来るのである。そのころには男を「彼氏」といい、女を「彼女」とよび、二人の侘住居を「愛の巣」などと云う言葉はまだ作り出されていなかった。馴染《なじみ》の女は「君」でも、「あんた」でもなく、ただ「お前」といえばよかった。亭主は女房を「おッかア」女房は亭主を「ちゃん」と呼ぶものもあった。

　溝の蚊の唸《うな》る声は今日《こんにち》に在っても隅田川を東に渡って行けば、どうやら三十年前のむかしと変りなく、場末の町のわびしさを歌っているのに、東京の言葉はこの十年の間に変れば実に変ったものである。

　そのあたり片づけて吊る蚊帳《かちやう》哉《かな》
　さらぬだに暑くるしきを木綿蚊帳《もめんがや》

家中《いへぢゆう》は秋の西日や溝《どぶ》のふち
わび住みや団扇《うちは》も折れて秋暑し
蚊帳の穴むすびむすびて九月哉
屑籠《くづかご》の中からも出て鳴く蚊かな
残る蚊をかぞへる壁や雨のしみ
この蚊帳も酒とやならむ暮の秋

これはお雪が住む家の茶の間に、或夜蚊帳が吊ってあったのを見て、ふと思出した旧作の句である。半《なかば》は亡友唖々《ああ》君*が深川長慶寺裏の長屋に親の許さぬ恋人と隠れ住んでいたのを、其折々尋ねて行った時よんだもので、明治四十三四年のころであったろう。

その夜お雪さんは急に歯が痛くなって、今しがた窓際《まどぎわ》から引込んで寝たばかりのところだと言いながら蚊帳から這《は》い出したが、坐る場処がないので、わたくしと並んで上框《あがりがまち》へ腰をかけた。

「いつもより晩《おそ》いじゃないのさ。あんまり、待たせるもんじゃないよ。」

女の言葉遣いはその態度と共に、わたくしの商売が世間を憚るものと推定せられてから、狎昵《こうじつ》の境《さかい》を越えて寧《むしろ》放濫《ほうらん》に走る嫌いがあった。

「それはすまなかった。虫歯か。」

「急に痛くなったの。目がまわりそうだったわ。腫《は》れてるだろう。」と横顔を見せ、

「あなた。留守番していて下さいな。わたし今の中《うち》歯医者へ行って来るから。」

「この近処か。」

「検査場《けんさば》のすぐ手前よ。」

「それじゃ公設市場の方だろう。」

「あなた。方々歩くと見えて、よく知ってるんだねえ。浮気者。」

「痛い。そう邪慳《じゃけん》にするもんじゃない。出世前の身体《からだ》だよ。」

「じゃ頼むわよ。あんまり待たせるようだったら帰って来るわ。」

「お前待ち待ち蚊帳の外……と云うわけか。仕様がない。」

わたくしは女の言葉遣いがぞんざいになるに従って、それに適応した調子を取るようにしている。これは身分を隠そうが為の手段ではない。処と人とを問わず、わたくしは現代の人と応接する時には、あたかも外国に行って外国語を操《あやつ》るように、相手と同じ言葉を遣う事にしているからである。「おらが国」と向の人が言ったら此方《こっち》も「おら」を「わたくし」の代りに使う。説話《はなし》は少し余事にわたるが、現代人と交際す

る時、口語を学ぶことは容易であるが文書の往復になると頗《すこぶる》困難を感じる。殊《こと》に女の手紙に返書を裁する時「わたし」を「あたし」となし、「けれども」を「けど」となし、又何事につけても、「必然性」だの「重大性」だのと、性の字をつけて見るのも、冗談半分口先で真似《まね》をしている時とはちがって、之《これ》を筆にする段になると、実に堪難い嫌悪《けんお》の情を感じなければならない。恋しきは何事につけても還《かえ》らぬむかしで、あたかもその日、わたくしは虫干をしていた物の中に、柳橋《やなぎばし》の妓にして、向嶋小梅の里に囲われていた女の古い手紙を見た。手紙には必ず候文《そうろうぶん》を用いなければならなかった時代なので、その頃の女は、硯《すずり》を引寄せ筆を秉《と》れば、文字を知らなくとも、おのずから候可く候の調子を思出したものらしい。わたくしは人の嗤笑《ししょう》を顧ず、これをここに録したい。

一筆《ふで》申上まいらせ候。その後は御ぶさた致し候て、何とも申わけ無之《これなく》御免下されたく候。私事これまでの住居《すまい》誠に手ぜまに付この中《じゅう》右のところへしき移り候まま御《おん》知らせ申上候。まことにまことに申上かね候え共、少々お目もじの上申上たき事御ざ候間、何卒《なにとぞ》御都合なし下されて、あなた様のよろしき折御立より下されたく幾重にも御《おん》待申上候。一日も早く御越しのほど、先《まず》は御めもじの上にてあらあらかしく。

〇〇より
竹屋の渡しの下にみやこ湯と申す湯屋あり。八百屋《やおや》でお聞下さい。天気がよろしく候故《ゆえ》御都合にて啞々《ああ》さんもお誘い合され堀切《ほりきり》へ参りたくと存候間御しる前からいかがに候や。御たずね申上候。尤《もっとも》この御返事御無用にて候。

文中「ひき移り」を「しき移り」となし、「ひる前」を「しる前」に書き誤っているのは東京下町言葉の訛《なま》りである。竹屋の渡しも今は枕橋《まくらばし》の渡《わたし》と共に廃せられて其跡《そのあと》もない。我青春の名残《なごり》を弔《とむら》うに今は之を那辺《なへん》に探るべきか。

七

わたくしはお雪の出て行った後《あと》、半《なかば》おろした古蚊帳の裾《すそ》に坐って、一人蚊を追いながら、時には長火鉢に埋めた炭火と湯わかしとに気をつけた。いかに暑さの烈《はげ》しい晩でも、この土地では、お客の上った合図に下から茶を持って行く習慣なので、どの家でも火と湯とを絶《たや》した事がない。
「おい。おい。」と小声に呼んで窓を叩《たた》くものがある。

わたくしは大方馴染の客であろうと思い、出ようか出まいかと、様子を窺《うかが》っていると、外の男は窓口から手を差入れ、猿をはずして扉《と》をあけて内《なか》へ入った。白っぽい浴衣《ゆかた》に兵児帯《へこおび》をしめ、田舎臭い円顔に口髯《くちひげ》を生《はや》した年は五十ばかり。手には風呂敷に包んだものを持っている。わたくしは其様子と其顔立とで、直様《すぐさま》お雪の抱主《かかえぬし》だろうと推察したので、向から言うのを待たず、

「お雪さんは何だか、お医者へ行くって、今おもてで逢《あ》いました。」

抱主らしい男は既にその事を知っていたらしく、「もう帰るでしょう。待っていなさい。」と云って、わたくしの居たのを怪しむ風もなく、風呂敷包を解いて、アルミの小鍋《こなべ》を出し茶棚の中へ入れた。夜食の惣菜《そうざい》を持って来たのを見れば、抱主に相違はない。

「お雪さんは、いつも忙しくって結構ですねえ。」

わたくしは挨拶《あいさつ》のかわりに何かお世辞を言わなければならないと思って、そう言った。

「何ですか。どうも。」と抱主の方でも返事に困ると云ったような、意味のない事を言って、火鉢の火や湯の加減を見るばかり。面と向ってわたくしの顔さえ見ない。寧《むし》ろ対談を避けるというように横を向いているので、わたくしも其まま黙っていた。

こういう家の亭主と遊客との対面は、両方とも甚《はなはだ》気まずいものである。貸座敷、待合茶屋、芸者家などの亭主と客との間もまた同じことで、此両者の対談する場合は、必ず女を中心にして甚気まずい紛擾《ごたごた》の起った時で、然らざる限り対談の必要が全くないからでもあろう。

いつもお雪が店口で焚《た》く蚊遣香《かやりこう》も、今夜は一度もともされなかったと見え、家中《いえじゅう》にわめく蚊の群は顔を刺すのみならず、口の中へも飛込もうとするのに、土地馴れている筈《はず》の主人も、暫《しばら》く坐っている中《うち》我慢がしきれなくなって、中仕切の敷居際に置いた扇風機の引手を捻《ねじ》ったが破《こわ》れていると見えて廻らない。火鉢の抽斗《ひきだし》から漸《ようや》く蚊遣香の破片《かけら》を見出《みいだ》した時、二人は思わず安心したように顔を見合せたので、わたくしは之を機会に、

「今年はどこもひどい蚊ですよ。暑さも格別ですがね。」と言うと、

「そうですか。ここはもともと埋地で、碌《ろく》に地揚《じあげ》もしないんだから。」と主人もしぶしぶ口をきき初めた。

「それでも道がよくなりましたね。第一便利になりましたね。」

「その代り、何かにつけて規則がやかましくなった。」

「そう。二三年前にゃ、通ると帽子なんぞ持って行ったものですね。」

「あれにゃ、わたし達この中の者も困ったんだよ。用があっても通れないからね。女達にそう言っても、そう一々見張りをしても居られないし、仕方がないから罰金を取るようにしたんだ。店の外へ出てお客をつかまえる処を見つかると四十二円の罰金だ。それから公園あたりへ客引を出すのも規則違反にしたんだ。」

「それも罰金ですか。」

「うむ。」

「それは幾何《いくら》ですか。」

遠廻しに土地の事情を聞出そうと思った時、「安藤さん」と男の声で、何やら紙片《かみきれ》を窓に差入れて行った者がある。同時にお雪が帰って来て、その紙を取上げ、猫板の上に置いたのを、偸見《ぬすみみ》すると、謄写摺《とうしゃずり》にした強盗犯人捜索の回状である。

お雪はそんなものには目も触れず、「お父さん、あした抜かなくっちゃいけないって云うのよ。この歯。」と言って、主人の方へ開《あ》いた口を向ける。

「じゃア、今夜は食べる物はいらなかったな。」と主人は立ちかけたが、わたくしはわざと見えるように金を出してお雪にわたし、一人先へ立って二階に上った。

二階は窓のある三畳の間に茶ぶ台を置き、次が六畳と四畳半位の二間しかない。一体この家はもと一軒であったのを、表と裏と二軒に仕切ったらしく、下は茶の間の一室きりで台所も裏口もなく、二階は梯子《はしご》の降口《おりくち》からつづいて四畳半の壁も紙を張った薄い板一枚なので、裏どなりの物音や話声が手に取るようによく聞える。わたくしは能《よ》く耳を押つけて笑う事があった。

「また、そんなとこ。暑いのにさ。」

上って来たお雪はすぐ窓のある三畳の方へ行って、染模様の剝《は》げたカーテンを片寄せ、「此方《こっち》へおいでよ。いい風だ。アラまた光ってる。」

「さっきより幾らか涼しくなったな、成程いい風だ。」

窓のすぐ下は日《ひ》蔽《おい》の葭《よし》簀《ず》に遮《さえぎ》られているが、溝の向側に並んだ家の二階と、窓口に坐っている女の顔、往《い》ったり来たりする人影、路地一帯の光景は案外遠くの方まで見通すことができる。屋根の上の空は鉛色に重く垂下って、星も見えず、表通のネオンサインに半空《なかぞら》までも薄赤く染められているのが、蒸暑い夜を一層蒸暑くしている。お雪は座布団を取って窓の敷居に載せ、その上に腰をかけて、暫く空の方を見ていたが、「ねえ、あなた」と突然わたくしの手を握り、「わたし、借金を返しちまったら。あなた、おかみさんにしてくれない。」

「おれ見たようなもの。仕様がないじゃないか。」

「ハスになる資格がないって云うの。」

「食べさせることができなかったら資格がないね。」

お雪は何とも言わず、路地のはずれに聞え出したヴィヨロンの唄につれて、鼻唄をうたいかけたので、わたくしは見るともなく顔を見ようとすると、お雪はそれを避けるように急に立上り、片手を伸して柱につかまり、乗り出すように半身を外へ突出した。

「もう十年わかけれア……。」わたくしは茶ぶ台の前に坐って巻煙草《まきたばこ》に火をつけた。

「あなた。一体いくつなの。」

此方《こなた》へ振向いたお雪の顔を見上《みあげ》ると、いつものように片靨《かたえくぼ》を寄せているので、わたくしは何とも知れず安心したような心持になって、

「もうじき六十さ。」

「お父さん。六十なの。まだ御丈夫。」

お雪はしげしげとわたくしの顔を見て、「あなた。まだ四十にゃならないね。三十七か八かしら。」

「おれはお妾《めかけ》さんに出来た子だから、ほんとの年はわからない。」

「四十にしても若いね。髪の毛なんぞそうは思えないわ。」

「明治三十一年生《うまれ》だね。四十だと。」

「わたしはいくつ位に見えて。」

「二十一二に見えるが、四ぐらいかな。」

「あなた。口がうまいから駄目。二十六だわ。」

「雪ちゃん、お前、宇都の宮で芸者をしていたって言ったね。」

「ええ。」

「どうして、ここへ来たんだ。よくこの土地の事を知っていたね。」

「暫く東京にいたもの。」

「お金のいることがあったのか。」

「そうでもなけれア……。檀那《だんな》は病気で死んだし、それに少し……。」

「馴れない中は驚いたろう。芸者とはやり方がちがうから。」

「そうでもないわ。初めッから承知で来たんだもの。芸者は掛りまけがして、借金の抜ける時がないもの。それに……身を落すなら稼《かせ》ぎいい方が結句《けっく》徳だもの。」

「そこまで考えたのは、全くえらい。一人でそう考えたのか。」

「芸者の時分、お茶屋の姐《ねえ》さんで知ってる人が、この土地で商売していたから、話をきいたのよ。」

「それにしても、えらいよ。年《ねん》があけたら少し自前《じまえ》*で稼いで、残せるだけ残すんだね。」

「わたしの年は水商売には向くんだとさ。だけれど行先の事はわからないわ。ネエ。」

じっと顔を見詰められたので、わたくしは再び妙に不安な心持がした。まさかとは思うものの、何だか奥歯に物の挟《はさ》まっているような心持がして、此度《こんど》はわたくしの方が空の方へでも顔を外向《そむ》けたくなった。

表通りのネオンサインが反映する空のはずれには、先程から折々稲妻が閃《ひらめ》いていたが、この時急に鋭い光が人の目を射た。然し雷の音らしいものは聞えず、風がぱったり歇《や》んで日の暮の暑さが又むし返されて来たようである。

「いまに夕立が来そうだな。」

「あなた。髪結さんの帰り……もう三月《みつき》になるわネエ。」

わたくしの耳にはこの「三月になるわネエ。」と少し引延ばしたネエの声が何やら遠いむかしを思返すとでも云うように無限の情《じょう》を含んだように聞きなされた。「三月になります。」とか「なるわよ。」とか言切ったら平常《つね》の談話に聞えたのであろうが、ネエと長く引いた声は咏嘆《えいたん》の音《おん》というよりも、寧《むしろ》それとなくわたくしの返事を促す為《ため》に遣われたもののようにも思われたので、わたくしは「そう……。」と答えかけた言葉さえ飲み込んでしまって、唯目容《ただまなざし》で応答をした。

お雪は毎夜路地へ入込む数知れぬ男に応接する身でありながら、どういう訳で初めてわたくしと逢った日の事を忘れずにいるのか、それがわたくしには有り得べからざる事のように考えられた。初ての日を思返すのは、その時の事を心に嬉《うれ》しく思うが為と見なければならない。然しわたくしはこの土地の女がわたくしのような老人《としより》に対して、尤《もっと》も先方ではわたくしの年を四十歳位に見ているが、それにしても好いたの惚《ほ》れたのというような若《も》しくはそれに似た柔く温《あたたか》な感情を起し得るものとは、夢にも思って居なかった。

わたくしが殆ど毎夜のように足繁《しげ》く通って来るのは、既に幾度か記述したように、種々《いろいろ》な理由があったからである。創作「失踪」の実地観察。ラディオからの逃走。銀座丸ノ内のような首都枢要《すうよう》の市街に対する嫌悪。其他の理由もあるが、いずれも女に向って語り得べき事ではない。わたくしはお雪の家を夜の散歩の休憩所にしていたに過ぎないのであるが、そうする為には方便として口から出まかせの虚言《うそ》もついた。故意に欺《あざむ》くつもりではないが、最初女の誤り認めた事を訂正もせず、寧ろ興にまかせてその誤認を猶《なお》深くするような挙動や話をして、身分を晦《くらま》した。この責だけは免れないかも知れない。

わたくしはこの東京のみならず、西洋に在っても、売笑の巷《ちまた》の外、殆《ほとんど》その他の社会を知らないと云ってもよい。其《その》由来はここに述べたくもなく、又述べる必要もあるまい。若《も》しわたくしなる一人物の何者たるかを知りたいと云うような酔興な人があったなら、わたくしが中年のころにつくった対話「昼すぎ」漫筆「妾宅《しょうたく》」小説「見果てぬ夢」の如《ごと》き悪文を一読せられたなら思い半《なかば》に過るものがあろう。とは言うものの、それも文章が拙《つたな》く、くどくどしくて、全篇をよむには面倒であろうから、ここに「見果てぬ夢」の一節を抜摘しよう。「彼が十年一日の如く花柳界に出入する元気のあったのは、つまり花柳界が不正暗黒の巷である事を熟知していたからで。されば若し世間が放蕩者《ほうとうしゃ》を以て忠臣孝子の如く称賛するものであったなら、彼は邸宅を人手に渡してまでも、其称賛の声を聞こうとはしなかったであろう。正当な妻女の偽善的虚栄心、公明なる社会の詐欺《さぎ》的活動に対する義憤は、彼をして最初から不正暗黒として知られた他の一方に馳《は》せ赴《おもむ》かしめた唯一《ゆいいつ》の力であった。つまり彼は真白だと称する壁の上に汚い種々《さまざま》な汚点《しみ》を見出すよりも、投捨てられた襤褸《らんる》の片《きれ》にも美しい縫取りの残りを発見して喜ぶのだ。正義の宮殿にも往々にして鳥や鼠の糞《ふん》が落ちていると同じく、悪徳の谷底には美しい人情の花と香しい涙の果実が却《かえっ》て沢山に摘み集められる。」

これを読む人は、わたくしが溝の臭気と、蚊の声との中に生活する女達を深く恐れもせず、醜いともせず、むしろ見ぬ前から親しみを覚えていた事だけは推察せられるであろう。

わたくしは彼女達《かのおんなたち》と懇意になるには——少くとも彼女達から敬して遠ざけられないためには、現在の身分はかくしている方がよいと思った。彼女達から、こんな処《ところ》へ来ずともよい身分の人だのに、と思われるのは、わたくしに取ってはいかにも辛《つら》い。彼女達の薄倖《はっこう》な生活を芝居でも見るように、上から見下《みおろ》してよろこぶのだと誤解せられるような事は、出来得るかぎり之を避けたいと思った。それには身分を秘するより外はない。

こんな処へ来る人ではないと言われた事については既に実例がある。或夜、改正道路のはずれ、市営バス車庫の辺《ほとり》で、わたくしは巡査に呼止められて尋問せられたことがある。わたくしは文学者だの著述業だのと自分から名乗りを揚げるのも厭《いや》であるし、人からそう思われるのは猶更嫌いであるから、巡査の問に対しては例の如く無職の遊民と答えた。巡査はわたくしの上着を剝取《はぎと》って所持品を改める段になると、平素《ふだん》夜行の際、不審尋問に遇《あ》う時の用心に、印鑑と印鑑証明書と戸籍抄本とが嚢中《のうちゅう》に入れてある。それから紙入には翌日の朝大工と植木屋と古本屋とに払いがあったので、三四百円の現金が入れてあった。巡査は驚いたらしく、俄《にわか》にわたくしの事を資産家とよび、「こんな処は君見たような資産家の来るところじゃない。早く帰りたまえ、間違いがあるといかんから、来るなら出直して来たまえ。」と云って、わたくしが猶愚図々々していのを見て、手を挙げて円タクを呼止め、わざわざ戸を明けてくれた。

わたくしは已《や》むことを得ず自動車に乗り改正道路から環状線とかいう道を廻った。つまり迷宮《ラビラント》＊の外廓《がいかく》を一周して、伏見稲荷の路地口に近いところで降りた事があった。それ以来、わたくしは地図を買って道を調べ、深夜は交番の前を通らないようにした。

わたくしは今、お雪さんが初めて逢った日の事を咏嘆的な調子で言出したのに対して、答うべき言葉を見付けかね、煙草の烟《けむり》の中にせめて顔だけでもかくしたい気がしてまたもや巻煙草を取出した。お雪は黒目がちの目でじっと此方《こなた》を見詰めながら、

「あなた。ほんとに能《よ》く肖《に》ているわ。あの晩、あたし後姿を見た時、はっと思ったくらい……。」

「そうか。他人のそら肖って、よくある奴さ。」わたくしはまア好かったと云う心持を一生懸命に押隠した。そして、「誰に。死んだ檀那に似ているのか。」

「いいえ。芸者になったばかりの時分……。一緒になれなかったら死のうと思ったの。」

「逆上《のぼ》せきると、誰しも一時はそんな気を起す……。」

「あなたも。あなたなんぞ、そんな気にゃアならないでしょう。」

「冷静かね。然し人は見掛によらないもんだからね。そう見くびったもんでもない

よ。」

お雪は片靨《かたえくぼ》を寄せて笑顔をつくったばかりで、何とも言わなかった。少し下唇の出た口尻《くちじり》の右側に、おのずと深く穿《うが》たれる片えくぼは、いつもお雪の顔立を娘のようにあどけなくするのであるが、其夜にかぎって、いかにも無理に寄せた靨のように、言い知れず淋しく見えた。わたくしは其場をまぎらす為に、

「また歯がいたくなったのか。」

「いいえ。さっき注射したから、もう何ともない。」

それなり、また話が途絶えた時、幸にも馴染《なじみ》の客らしいものが店口の戸を叩《たた》いてくれた。お雪はつと立って窓の外に半身を出し、目かくしの板越しに下を覗《のぞ》き、

「アラ竹さん。お上んなさい。」

馳《か》け降りる後《あと》からわたくしも続いて下り、暫《しばら》く便所の中に姿をかくし客の上ってしまうのを待って、音のしないように外へ出た。

八

来そうに思われた夕立も来る様子はなく、火種を絶さぬ茶の間の蒸暑さと蚊の群と

を恐れて、わたくしは一時外へ出たのであるが、帰るにはまだ少し早いらしいので、溝《どぶ》づたいに路地を抜け、ここにも板橋のかかっている表の横町に出た。両側に縁日商人《あきゅうど》が店を並べているので、もともと自動車の通らない道幅は猶更狭くなって、出さかる人は押合いながら歩いている。板橋の右手はすぐ角に馬肉屋のある四辻《よつつじ》で。辻の向側には曹洞宗《そうとうしゅう》東清寺と刻《しる》した石碑と、玉の井稲荷の鳥居と公衆電話とが立っている。わたくしはお雪の話からこの稲荷の縁日は月の二日と二十日の両日である事や、縁日の晩は外ばかり賑《にぎやか》で、路地の中は却て客足が少いところから、窓の女達は貧乏稲荷と呼んでいる事などを思出し、人込みに交って、まだ一度も参詣《さんけい》したことのない祠《やしろ》の方へ行って見た。

今まで書くことを忘れていたが、わたくしは毎夜この盛場へ出掛けるように、心持にも身体にも共々に習慣がつくようになってから、この辺《あたり》の夜店を見歩いている人達の風俗に倣《なら》って、出がけには服装《みなり》を変《かえ》ることにしていたのである。これは別に手数のかかる事ではない。襟《えり》の返る縞《しま》のホワイトシャツの襟元のぼたんをはずして襟飾をつけない事、洋服の上着は手に提げて着ない事、帽子はかぶらぬ事、髪の毛は櫛《くし》を入れた事もないように搔乱《かきみだ》して置く事、ズボンは成るべく膝《ひざ》や尻の摺《す》り切れたくらいな古いものに穿替《はきかえ》る事。靴は穿かず、古下駄も踵《かかと》の方が台まで摺りへっているのを捜して穿く事、煙草《たばこ》は必《かならず》バットに限る事、エトセトラエトセトラである。だから訳はない。つまり書斎に居る時、また来客を迎える時の衣服をぬいで、庭掃除や煤払《すすはらい》の時のものに着替え、下女の古下駄を貰《もら》ってはけばよいのだ。

古ズボンに古下駄をはき、それに古手拭《ふるてぬぐい》をさがし出して鉢巻の巻方も至極不意気《ぶいき》にすれば、南は砂町、北は千住から葛西金町辺《かさいかなまちあたり》まで行こうとも、道行く人から振返って顔を見られる気遣いはない。其町に住んでいるものが買物にでも出たように見えるので、安心して路地へでも横町へでも勝手に入り込むことができる。この不様《ぶざま》な身なりは、「じだらくに居れば涼しき二階かな。」で、東京の気候の殊《こと》に暑さの甚しい季節には最《もっとも》適合している。朦朧《もうろう》円タク*の運転手と同じようなこの風をしていれば、道の上と云わず電車の中といわず何処《どこ》でも好きな処へ唫唾《たんつば》も吐けるし、煙草の吸殻、マッチの燃残り、紙屑《かみくず》、バナナの皮も捨てられる。公園と見ればベンチや芝生へ大の字なりに寝転んで鼾《いびき》をかこうが浪花節《なにわぶし》を唸《うな》ろうが是《これ》また勝手次第なので、啻《ただ》に気候のみならず、東京中の建築物とも調和して、いかにも復興都市の住民らしい心持になることが出来る。

女子がアッパッパと称する下着一枚で戸外に出歩く奇風については、友人佐藤慵斎《ようさい》君の文集に載っている其《その》論に譲って、ここには言うまい。

わたくしは素足に穿き馴れぬ古下駄を突掛《つっか》けているので、物に躓《つまず》いたり、人に足を踏まれたりして、怪我をしないように気をつけながら、人ごみの中を歩いて向側の路地の突当りにある稲荷に参詣《さんけい》した。ここにも夜店がつづき、祠《ほこら》の横手の稍《やや》広い空地は、植木屋が一面に並べた薔薇《ばら》や百合《ゆり》夏菊などの鉢物に時ならぬ花壇をつくっている。東清寺本堂建立《こんりゅう》の資金寄附者の姓名が空地の一隅に板塀の如くかけ並べてあるのを見ると、この寺は焼けたのでなければ、玉の井稲荷と同じく他所《よそ》から移されたものかも知れない。

わたくしは常夏《とこなつ》の花一鉢を購《あがな》い、別の路地を抜けて、もと来た大正道路へ出た。すこし行くと右側に交番がある。今夜はこの辺《あたり》の人達と同じような服装《みなり》をして、植木鉢をも手にしているから大丈夫とは思ったが、避けるに若《し》くはないと、後戻りして、角に酒屋と水菓子屋のある道に曲った。

この道の片側に並んだ商店の後《うしろ》一帯の路地は所謂《いわゆる》第一部と名付けられたラビラントで。お雪の家の在る第二部を貫くかの溝は、突然第一部のはずれの道端に現われて、中島湯という暖簾《のれん》を下げた洗湯《せんとう》の前を流れ、許可地外《そと》の真暗な裏長屋の間に行先を没している。わたくしはむかし北廓を取巻いていた鉄漿溝《おはぐろどぶ》より一層不潔に見える此《この》溝も、寺島町がまだ田園であった頃には、水草《みずくさ》の花に蜻蛉《とんぼ》のとまっていたような清い小流《こながれ》であったのであろうと、老人《としより》にも似合わない感傷的な心持にならざるを得なかった。縁日の露店はこの通には出ていない。九州亭というネオンサインを高く輝《かがやか》している支那飯屋の前まで来ると、改正道路を走る自動車の灯《ひ》が見え蓄音機の音が聞える。

植木鉢がなかなか重いので、改正道路の方へは行かず、九州亭の四ツ角から右手に曲ると、この通は右側にはラビラントの一部と二部、左側には三部の一区劃《くかく》が伏在している最も繁華な最も狭い道で、呉服屋もあり、婦人用の洋服屋もあり、洋食屋もある。ポストも立っている。お雪が髪結の帰り夕立に遇《あ》って、わたくしの傘の下に駈込《かけこ》んだのは、たしかこのポストの前あたりであった。

わたくしの胸底《むなそこ》には先刻お雪が半《なか》冗談《ば》らしく感情の一端をほのめかした時、わたくしの覚えた不安がまだ消え去らずにいるらしい……わたくしはお雪の履歴については殆《ほとん》ど知るところがない。どこやらで芸者をしていたと言っているが、長唄も清元も知らないらしいので、それも確かだとは思えない。最初の印象で、わたくしは何の拠《よ》るところもなく、吉原か洲崎あたりの左程わるくない家にいた女らしい気がしたのが、却て当っているのではなかろうか。

言葉には少しも地方の訛《なま》りがないが、其顔立と全身の皮膚の綺麗《きれい》なことは、東京もしくは東京近在の女でない事を証明しているので、わたくしは遠い地方から東京に移住した人達の間に生れた娘と見ている。性質は快活で、現在の境涯をも深く悲しんではいない。寧《むしろ》この境遇から得た経験を資本《もとで》にして、どうにか身の振方をつけようと考えているだけの元気もあれば才智もあるらしい。男に対する感情も、わたくしの口から出まかせに言う事すら、其まま疑わずに聴き取るところを見ても、まだ全く荒《すさ》みきってしまわない事は確かである。わたくしをして、然《そ》う思わせるだけでも、銀座や上野辺《あたり》の広いカフエーに長年働いている女給などに比較したなら、お雪の如きは正直とも醇朴《じゅんぼく》とも言える。まだまだ真面目《まじめ》な処があるとも言えるであろう。

端無《はしな》くも銀座あたりの女給と窓の女とを比較して、わたくしは後者の猶《なお》愛すべく、そして猶共に人情を語る事ができるもののように感じたが、街路の光景についても、わたくしはまた両方を見くらべて、後者の方が浅薄に外観の美を誇らず、見掛倒しでない事から不快の念を覚えさせる事が遥《はるか》に少ない。路傍《みちばた》には同じように屋台店が並んでいるが、ここでは酔漢の三々五々隊をなして歩むこともなく、彼処《かしこ》では珍しからぬ血まみれ喧嘩《げんか》もここでは殆ど見られない。洋服の身なりだけは相応にして居ながら其職業の推察しかねる人相の悪い中年者が、世を憚《はばか》らず肩で風を切り、杖《つえ》を振り、歌をうたい、通行の女子を罵《ののし》りつつ歩くのは、銀座の外他《ほか》の町には見られぬ光景であろう。然《しか》るに一たび古下駄に古ズボンをはいて此の場末に来れば、いかなる雑沓《ざっとう》の夜《よ》でも、銀座の裏通りを行くよりも危険のおそれがなく、あちこちと道を譲る煩《わずらわ》しさもまた少いのである。

ポストの立っている賑な小道も呉服屋のあるあたりを明い絶頂にして、それから先は次第にさむしく、米屋、八百屋、蒲鉾《かまぼこ》屋などが目に立って、遂《つい》に材木屋の材木が立掛けてあるあたりまで来ると、幾度《いくたび》となく来馴れたわたくしの歩みは、意識を待たず、すぐさま自転車預り所《どころ》と金物屋との間の路地口に向けられるのである。

この路地の中にはすぐ伏見稲荷の汚れた幟《のぼり》が見えるが、素見《すけん》ぞめきの客は気がつかないらしく、人の出入は他の路地口に比べると至って少ない。これを幸に、わたくしはいつも此路地口から忍び入り、表通の家の裏手に無花果《いちじく》の茂っているのと、溝際《どぶぎわ》の柵《さく》に葡萄《ぶどう》のからんでいるのを、あたりに似合わぬ風景と見返りながら、お雪の家の窓口を覗く事にしているのである。

二階にはまだ客があると見えて、カーテンに灯影《ほかげ》が映り、下の窓はあけたままであった。表のラディオも今しがた歇《や》んだようなので、わたくしは縁日の植木鉢をそっと窓から中に入れて、其夜はそのまま白鬚橋《しらひげばし》の方へ歩みを運んだ。後《うしろ》の方から浅草行の京成バスが走って来たが、わたくしは停留場のある処をよく知らないので、それを求めながら歩きつづけると、幾程もなく行先に橋の燈火のきらめくのを見た。

＊　＊　＊

わたくしはこの夏のはじめに稿を起した小説「失踪《しっそう》」の一篇を今日《こんにち》に至るまでまだ書き上げずにいるのである。今夜お雪が「三月《みつき》になるわねえ。」と言ったことから思合せると、起稿の日はそれよりも猶以前であった。草稿の末節は種田順平が貸間の暑さに或夜同宿の女給すみ子を連れ、白髯橋の上で涼みながら、行末の事を語り合うところで終っているので、わたくしは堤を曲らず、まっすぐに橋をわたって欄干に身を倚《よ》せて見た。

最初「失踪」の布局を定める時、わたくしはその年二十四になる女給すみ子と、其年五十一になる種田の二人が手軽く情交を結ぶことにしたのであるが、筆を進めるにつれて、何やら不自然であるような気がし出したため、折からの炎暑と共に、それなり中休みをしていたのである。

然るに今、わたくしは橋の欄干に凭《もた》れ、下流《かわしも》の公園から音頭踊《おんどおどり》の音楽と歌声との響いて来るのを聞きながら、先程お雪が二階の窓にもたれて「三月になるわネエ。」といった時の語調や様子を思返すと、すみ子と種田との情交は決して不自然ではない。作者が都合の好いように作り出した脚色として拆《しりぞ》けるにも及ばない。最初の立案を中途で変える方が却《かえっ》てよからぬ結果を齎《もたら》すかも知れないと云う心持にもなって来る。

雷門から円タクを傭《やと》って家に帰ると、いつものように顔を洗い髪を掻直した後、すぐさま硯《すずり》の傍《そば》の香炉《こうろ》に香を焚《た》いた。そして中絶した草稿の末節をよみ返して見る。

「あすこに見えるのは、あれは何だ。工場《こうば》か。」

「瓦斯《ガス》会社か何《なん》かだわ。あの辺はむかし景色のいいところだったんですってね。小説でよんだわ。」

「歩いて見ようか。まだそんなに晩《おそ》かアない。」

「向へわたると、すぐ交番があってよ。」

「そうか。それじゃ後《あと》へ戻ろう。まるで、悪い事をして世を忍んでいるようだ。」

「あなた。大きな声……およしなさい。」

「…………」

「どんな人が聞いていないとも限らないし……。」

「そうだね。然し世を忍んで暮すのは、初めて経験したんだが、何ともいえない、何となく忘れられない心持がするもんだね。」

「浮世離れてッて云う歌があるじゃないの。……奥山ずまい。」

「すみちゃん。おれは昨夜《ゆうべ》から急に何だか若くなったような気がしているんだ。昨夜だけでも活《いき》がいがあったような気がしているんだ。」

「人間は気の持ちようだわ。悲観しちまっちゃ駄目よ。」

「全くだね。然し僕は、何にしてももう若くないからな。じきに捨てられるだろう。」

「また。そんな事、考える必要なんかないっていうのに。わたしだって、もうすぐ三十じゃないのさ。それにもう、為《し》たい事はしちまったし、これからはすこし真面目になって稼《かせ》いで見たいわ。」

「じゃ、ほんとにおでん屋をやるつもりか。」

「あしたの朝、照ちゃんが来るから手金だけ渡すつもりなの。だから、あなたのお金は当分遣わずに置いて下さい。ね。昨夜も御話したように、それがいいの。」

「然し、それじゃア……。」

「いいえ。それがいいのよ。あんたの方に貯金があれば、後が安心だから、わたしの方は持ってるだけのお金をみんな出して、一時払いにして、権利も何も彼《か》も買ってしまおうと思っているのよ。どの道やるなら其方が徳だから。」

「照ちゃんて云うのは確な人かい。とにかくお金の話だからね。」

「それは大丈夫。あの子はお金持だもの。何しろ玉の井御殿の檀那《だんな》って云うのがパトロンだから。」

「それは一体何だ。」

「玉の井で幾軒も店や家を持ってる人よ。もう七十位だわ。精力家よ。それア。時々カフエーへ来るお客だったの。」

「ふーむ。」

「わたしにもおでん屋よりか、やるなら一層《いっそう》の事、あの方の店をやれって云うのよ。店も玉も照ちゃんが檀那にそう言って、いいのを紹介するって云うのよ。だけれど、其時にはわたし一人きりで、相談する人もないし、わたしが自分でやるわけにも行かないしするから、それでおでん屋かスタンドのような、一人でやれるものの方がいいと思ったのよ。」

「そうか、それであの土地を択《えら》んだんだね。」

「照ちゃんは母さんにお金貸をさせているわ。」

「事業家だな。」

「ちゃっかりしてるけれども、人をだましたりなんかしないから。」


……………………………………………………………………………………………………

九

九月も半《なかば》ちかくなったが残暑はすこしも退《しりぞ》かぬばかりか、八月中よりも却て烈《はげ》しくなったように思われた。簾《すだれ》を撲《う》つ風ばかり時にはいかにも秋らしい響を立てながら、それも毎日のように夕方になるとぱったり凪《な》いでしまって、夜《よ》はさながら関西の町に在るが如《ごと》く、深《ふ》けるにつれてますます蒸暑くなるような日が幾日もつづく。

草稿をつくるのと、蔵書を曝《さら》すのとで、案外いそがしく、わたくしは三日ばかり外へ出なかった。

残暑の日盛り蔵書を曝すのと、風のない初冬《はつふゆ》の午後《ひるすぎ》庭の落葉を焚《た》く事とは、わたくしが独居の生涯の最も娯《たの》しみとしている処《ところ》である。曝書《ばくしょ》は久しく高閣に束ねた書物を眺めやって、初め熟読した時分の事を回想し時勢と趣味との変遷《へんせん》を思い知る機会をつくるからである。落葉を焚く楽みは其身の市井《しせい》に在ることをしばしなりとも忘れさせるが故《ゆえ》である。

古本の虫干だけはやっと済んだので、其日《その》夕飯《ゆうめし》を終るが否《いな》やいつものように破れたズボンに古下駄をはいて外へ出ると、門の柱にはもう灯《ひ》がついていた。夕凪《ゆうなぎ》の暑さに係《かかわ》らず、日はいつか驚くばかり短くなっているのである。

　わずか三日ばかりであるが、外へ出て見ると、わけもなく久しい間、行かねばならない処へ行かずにいたような心持がしてわたくしは幾分なりと途中の時間まで短くしようと、京橋の電車の乗換場から地下鉄道に乗った。若い時から遊び馴れた身でありながら、女を尋ねるのに、こんな気ぜわしい心持になったのは三十年来絶えて久しく覚えた事がないと言っても、それは決して誇張ではない。雷門からはまた円タクを走らせ、やがていつもの路地口。いつもの伏見稲荷。ふと見れば汚れきった奉納の幟《のぼり》が四五本とも皆新しくなって、赤いのはなくなり、白いものばかりになっていた。いつもの溝際に、いつもの無花果と、いつもの葡萄、然しその葉の茂りはすこし薄くなって、いくら暑くとも、いくら世間から見捨てられた此《この》路地にも、秋は知らず知らず夜《よ》毎《ごと》に深くなって行く事を知らせていた。

　いつもの窓に見えるお雪の顔も、今夜はいつもの潰《つぶ》し島田ではなく、銀杏《いちょう》返しに手柄をかけたような、牡丹《ぼたん》とかよぶ髷《まげ》に変っていたので、わたくしは此方《こなた》から眺めて顔ちがいのしたのを怪しみながら歩み寄ると、お雪はいかにもじれったそうに扉をあけながら、「あなた。」と一言強く呼んだ後、急に調子を低くして、「心配したのよ。それでも、まア、よかったねえ。」

わたくしは初め其意を解しかねて、下駄もぬがず上口《あがりぐち》へ腰をかけた。

「新聞に出ていたよ。少し違うようだから、そうじゃあるまいと思ったんだけれど、随分心配したわ。」

「そうか。」やっと当《あて》がついたので、わたくしも俄に声をひそめ、「おれはそんなドジなまねはしない。始終気をつけているもの。」

「一体、どうしたの。顔を見れば別に何でもないんだけれど、来る人が来ないと、何だか妙にさびしいものよ。」

「でも、雪ちゃんは相変らずいそがしいんだろう。」

「暑い中《うち》は知れたものよ。いくらいそがしいたって。」

「今年はいつまでも、ほんとに暑いな。」と云った時お雪は「鳥渡《ちょいと》しずかに。」と云いながらわたくしの額にとまった蚊を掌《てのひら》でおさえた。

家の内の蚊は前よりも一層多くなったようで、人を刺す其針も鋭く太くなったらしい。お雪は懐紙《ふところがみ》でわたくしの額と自分の手についた血をふき、「こら。こんな。」と云って其紙を見せて円める。

「この蚊がなくなれば年の暮だろう。」

「そう。去年お酉様《とりさま》の時分にはまだ居たかも知れない。」

「やっぱり反歩《たんぼ》か。」ときいたが、時代の違っている事に気がついて、「この辺でも吉原の裏へ行くのか。」

「ええ。」と云いながらお雪はチリンチリンと鳴る鈴の音《ね》を聞きつけ、立って窓口へ出た。

「兼ちゃん。ここだよ。何ボヤボヤしているのさ。氷白玉《しらたま》二つ……それから、ついでに蚊遣香《かやりこう》を買って来ておくれ。いい児《こ》だ。」

そのまま窓に坐って、通り過る素見客《ひやかし》にからかわれたり、又此方《こっち》からもからかったりしている。其間々には中仕切の大阪格子《ごうし》を隔てて、わたくしの方へも話をしかける。氷屋の男がお待遠うと云って誂《あつら》えたものを持って来た。

「あなた。白玉なら食べるんでしょう。今日はわたしがおごるわ。」

「よく覚えているなア。そんな事……。」

「覚えてるわよ。実《じつ》があるでしょう。だからもう、そこら中浮気するの、お止《よ》しなさい。」

「此処《ここ》へ来ないと、どこか、他《わき》の家《うち》へ行くと思ってるのか。仕様がない。」

「男は大概そうだもの。」

「白玉が咽喉《のど》へつかえるよ。食べる中《うち》だけ仲好くしようや。」

「知らない。」とお雪はわざと荒々しく匙《さじ》の音をさせて山盛にした氷を突崩《つきくず》した。

窓口を覗《のぞ》いた素見客が、「よう、姉さん、御馳走さま。」

「一つあげよう。口をおあき。」

「青酸加里《せいさんカリ》か。命が惜しいや。」

「文無しのくせに、聞いてあきれらア。」

「何云《いっ》てやんでい。溝ッ蚊女郎。」と捨台詞《すてぜりふ》で行き過るのを此方も負けて居ず、

「ヘッ。芥溜《ごみため》野郎。」

「ははははは。」と後《あと》から来る素見客がまた笑って通り過ぎた。

お雪は氷を一匙口へ入れては外を見ながら、無意識に、「ちょっと、ちょっと、だんな。」と節をつけて呼んでいる中、立止って窓を覗くものがあると、甘えたような声をして、「お一人、じゃ上ってよ。まだ口あけなんだから。さア、よう。」と言って見たり、また人によっては、いかにも殊勝らしく、「ええ。構いません。お上りになってから、お気に召さなかったら、お帰りになっても構いませんよ。」と暫《しばら》くの間話をして、その挙句《あげく》これも上らずに行ってしまっても、お雪は別につまらないという風さえもせず、思出したように、解けた氷の中から残った白玉をすくい出して、むしゃむしゃ食べたり、煙草《たばこ》をのんだりしている。

わたくしは既にお雪の性質を記述した時、快活な女であるとも言い、また其境涯をさほど悲しんでもいないと言った。それは、わたくしが茶の間の片隅に坐って、破《やれ》団扇《うちわ》の音も成るべくしないように蚊を追いながら、お雪が店先に坐っている時の、こういう様子を納簾《のれん》の間から透《すか》し見て、それから推察したものに外ならない。この推察は極く皮相に止《とどま》っているかも知れない。為人《ひととなり》の一面を見たに過ぎぬかも知れない。

然しここにわたくしの観察の決して誤らざる事を断言し得る事がある。それはお雪の性質の如何《いかん》に係らず、窓の外の人通りと、窓の内のお雪との間には、互に融和すべき一縷《いちる》の糸の繋《つな》がれていることである。お雪が快活の女で、其境涯を左程悲しんでいないように見えたのが、若《も》しわたくしの誤りであったなら、其誤はこの融和から生じたものだと、わたくしは弁解したい。窓の外は大衆である。即《すなわ》ち世間である。窓の内は一個人である。そしてこの両者の間には著しく相反目している何物もない。これは何《なん》に因《よ》るのであろう。お雪はまだ年が若い。まだ世間一般の感情を失わないからである。お雪は窓に坐っている間はその身を卑《いや》しいものとなして、別に隠している人格を胸の底に持っている。窓の外を通る人は其歩みを此路地に入るるや仮面をぬぎ矜負《きょうふ》を去るからである。

わたくしは若い時から脂粉の巷《ちまた》に入り込み、今にその非を悟らない。或時は事情に捉《とら》われて、彼女達《かのおんなたち》の望むがまま家に納《い》れて箕帚《きそう》を把《と》らせたこともあったが、然しそれは皆失敗に終った。彼女達は一たび其境遇を替え、其身を卑しいものではないと思うようになれば、一変して教う可《べ》からざる懶婦《らんぷ》となるか、然らざれば制御しがたい悍婦《かんぷ》になってしまうからであった。

お雪はいつとはなく、わたくしの力に依《よ》って、境遇を一変させようと云う心を起している。懶婦か悍婦かになろうとしている。お雪の後半生をして懶婦たらしめず、悍婦たらしめず、真に幸福なる家庭の人たらしめるものは、失敗の経験にのみ富んでいるわたくしではなくして、前途に猶《なお》多くの歳月を持っている人でなければならない。然し今、これを説いてもお雪には決して分ろう筈《はず》がない。お雪はわたくしの二重人格の一面だけしか見ていない。わたくしはお雪の窺《うかが》い知らぬ他の一面を曝露《ばくろ》して、其非を知らしめるのは容易である。それを承知しながら、わたくしが猶躊躇《ちゅうちょ》しているのは心に忍びないところがあったからだ。これはわたくしを庇《かば》うのではない。お雪が自らその誤解を覚《さと》った時、甚しく失望し、甚しく悲しみはしまいかと云うことをわたくしは恐れて居たからである。

お雪は倦《う》みつかれたわたくしの心に、偶然過去の世のなつかしい幻影を彷彿《ほうふつ》たらしめたミューズである。久しく机の上に置いてあった一篇の草稿は若しお雪の心がわたくしの方に向けられなかったなら、——少くとも然《そ》う云う気がしなかったなら、既に裂き棄てられていたに違いない。お雪は今の世から見捨てられた一老作家の、他分その最終の作とも思われる草稿を完成させた不可思議な激励者である。わたくしは其顔を見るたび心から礼を言いたいと思っている。其結果から論じたら、わたくしは処世の経験に乏しい彼の女《おんな》を欺《あざむ》き、其身体《しんたい》のみならず其の真情をも弄《もてあそ》んだ事になるであろう。わたくしは此の許され難い罪の詑《わ》びをしたいと心ではそう思いながら、そうする事の出来ない事情を悲しんでいる。

その夜、お雪が窓口で言った言葉から、わたくしの切ない心持はいよいよ切なくなった。今はこれを避けるためには、重ねてその顔を見ないに越したことはない。まだ、今の中ならば、それほど深い悲しみと失望とをお雪の胸に与えずとも済むであろう。お雪はまだ其本名をも其生立《おいたち》をも、問われないままに、打明《うちあけ》る機会に遇わなかった。今夜あたりがそれとなく別れを告げる瀬戸際《せとぎわ》で、もし之《これ》を越したなら、取返しのつかない悲しみを見なければなるまいと云うような心持が、夜のふけかけるにつれて、わけもなく激しくなって来る。

物に追われるような此心持は、折から急に吹出した風が表通から路地に流れ込み、あち等こち等へ突当った末、小さな窓から家の内《なか》まで入って来て、鈴のついた納簾《のれん》の紐《ひも》をゆする。其音につれて一しお深くなったように思われた。其音は風鈴売が櫺子窓《れんじまど》の外を通る時ともちがって、此別天地より外には決して聞かれないものであろう。夏の末から秋になっても、打続く毎夜のあつさに今まで全く気のつかなかっただけ、その響は秋の夜もいよいよまったくの夜長らしく深《ふ》けそめて来た事を、しみじみと思い知らせるのである。気のせいか通る人の跫音《あしおと》も静に冴《さ》え、そこ等の窓でくしゃみをする女の声も聞える。

お雪は窓から立ち、茶の間へ来て煙草へ火をつけながら、思出したように、

「あなた。あした早く来てくれない。」と云った。

「早くって、夕方か。」

「もっと早くさ。あしたは火曜日だから診察日なんだよ。十一時にしまうから、一緒に浅草へ行かない。四時頃までに帰って来ればいいんだから。」

わたくしは行ってもいいと思った。それとなく別盃《べっぱい》を酌《く》むために行きたい気はしたが、新聞記者と文学者とに見られて又もや筆誅《ひっちゅう》せられる事を恐れもするので、

「公園は具合のわるいことがあるんだよ。何か買うものでもあるのか。」

「時計も買いたいし、もうすぐ袷《あわせ》だから。」

「あついあついと言ってる中、ほんとにもうじきお彼岸だね。袷はどのくらいするんだ。店で着るのか。」

「そう。どうしても三十円はかかるでしょう。」

「そのくらいなら、ここに持っているよ。一人で行って誂《あつら》えておいでな。」と紙入を出した。

「あなた。ほんと。」

「気味がわるいのか。心配するなよ。」

わたくしは、お雪が意外のよろこびに眼を見張った其顔を、永く忘れないようにじっと見詰めながら、紙入の中の紙幣《さつ》を出して茶ぶ台の上に置いた。

戸を叩《たた》く音と共に主人の声がしたので、お雪は何か言いかけたのも、それなり黙って、伊達締《だてじめ》の間に紙幣《さつ》を隠す。わたくしは突《つ》と立って主人《あるじ》と入れちがいに外へ出た。

伏見稲荷の前まで来ると、風は路地の奥とはちがって、表通から真向《まっこう》に突き入りいきなりわたくしの髪を吹乱した。わたくしは此処《ここ》へ来る時の外はいつも帽子をかぶり馴れているので、風に吹きつけられたと思うと同時に、片手を挙げて見て始て帽子のないのに心づき、覚えず苦笑を浮べた。奉納の幟《のぼり》は竿《さお》も折れるばかり、路地口に屋台を据えたおでん屋の納簾と共にちぎれて飛びそうに閃《ひらめ》き翻《ひるがえ》っている。溝《どぶ》の角の無花果《いちじく》と葡萄《ぶどう》の葉は、廃屋のかげになった闇の中にがさがさと、既に枯れたような響を立てている。表通りへ出ると、俄《にわか》に広く打仰がれる空には銀河の影のみならず、星という星の光のいかにも森然として冴渡《さえわた》っているのが、言知れぬさびしさを思わせる折も折、人家のうしろを走り過る電車の音と警笛の響とが烈風にかすれて、更にこの寂しさを深くさせる。わたくしは帰りの道筋を、白鬚橋の方に取る時には、いつも隅田町郵便局の在るあたりか、又は向島劇場という活動小屋のあたりから勝手に横道に入り、陋巷《ろうこう》の間を迂曲《うきょく》する小道を辿《たど》り辿って、結局白鬚明神の裏手へ出るのである。八月の末から九月の初めにかけては、時々夜になって驟雨《ゆうだち》の霽《は》れた後《あと》、澄みわたった空には明月が出て、道も明く、むかしの景色も思出されるので、知らず知らず言問《こととい》の岡あたりまで歩いてしまうことが多かったが、今夜はもう月もない。吹き通す川風も忽《たちま》ち肌寒くなって来るので、わたくしは地蔵坂の停留場に行きつくが否《いな》や、待合所の板バメと地蔵尊との間に身をちぢめて風をよけた。

十

四五日たつと、あの夜をかぎりもう行かないつもりで、秋袷の代まで置いて来たのにも係らず、何やらもう一度行って見たい気がして来た。お雪はどうしたかしら。相変らず窓に坐っている事はわかりきっていながら、それとなく顔だけ見に行きたくて堪《たま》らない。お雪には気がつかないように、そっと顔だけ、様子だけ覗いて来よう。あの辺を一巡《ひとまわ》りして帰って来れば隣のラディオも止《や》む時分になるのであろうと、罪をラディオに塗付けて、わたくしはまたもや墨田川を渡って東の方へ歩いた。

路地に入る前、顔をかくす為《ため》、鳥打帽を買い、素見客《ひやかし》が五六人来合すのを待って、その人達の蔭《かげ》に姿をかくし、溝の此方《こなた》からお雪の家を窺《のぞ》いて見ると、お雪は新形の髷《まげ》を元のつぶしに結い直し、いつものように窓に坐っていた。と見れば、同じ軒の下の右側の窓はこれまで閉めきってあったのが、今夜は明くなって、燈影《ほかげ》の中に丸髷の顔が動いている。新しい抱《かかえ》――この土地では出方《でかた》さんとかいうものが来たのである。遠くからで能《よ》くはわからないが、お雪よりは年もとっているらしく容貌《きりょう》もよくはないようである。わたくしは人通りに交って別の路地へ曲った。

その夜はいつもと同じように日が暮れてから急に風が凪《な》いで蒸暑くなった為《た》めか、路地の中の人出もまた夏の夜のように夥《おびただ》しく、曲る角々は身を斜めにしなければ通れぬ程で、流れる汗と、息苦しさとに堪えかね、わたくしは出口を求めて自動車の走《は》せちがう広小路へ出た。そして夜店の並んでいない方の舗道を歩み、実はそのまま帰るつもりで七丁目の停留場に佇《たたず》んで額の汗を拭《ぬぐ》った。車庫からわずか一二町のところなので、人の乗っていない市営バスがあたかもわたくしを迎えるように来て停った。わたくしは舗道から一歩《ひとあし》踏み出そうとして、何やら急にわけもわからず名残《なごり》惜しい気がして、又ぶらぶら歩き出すと、間もなく酒屋の前の曲角《まがりかど》にポストの立っている六丁目の停留場である。ここには五六人の人が車を待っていた。わたくしはこの停留場でも空《むな》しく三四台の車を行き過《すご》させ、唯茫然《ただぼうぜん》として、白楊《ポプラ》樹の立ちならぶ表通と、横町の角に沿うた広い空地の方を眺めた。

この空地には夏から秋にかけて、ついこの間まで、初めは曲馬、次には猿芝居、その次には幽霊の見世物小屋が、毎夜さわがしく蓄音機を鳴《なら》し立てていたのであるが、いつの間にか、もとのようになって、あたりの薄暗い灯影《ほかげ》が水溜《みずたまり》の面《おもて》に反映しているばかりである。わたくしはとにかくもう一度お雪をたずねて、旅行をするからとか何とか言って別れよう。其《そ》の方が鼬《いたち》の道を切ったような事をするよりは、どうせ行かないものなら、お雪の方でも後々《あとあと》の心持がわるくないであろう。出来ることなら、真《まこと》の事情を打明けてしまいたい。わたくしは散歩したいにも其処《そのところ》がない。尋ねたいと思う人は皆先に死んでしまった。風流絃歌《げんか》の巷も今では音楽家と舞踊家との名を争う処で、年寄が茶を啜《すす》ってむかしを語る処ではない。わたくしは図らずも此《こ》のラビラントの一隅に於いて浮世半日《ふせいはんじつ》の閑を偸《ぬす》む事を知った。そのつもりで邪魔でもあろうけれど折々遊びに来る時は快く上げてくれと、晩蒔《おそまき》ながら、わかるように説明したい……。わたくしは再び路地へ入ってお雪の家の窓に立寄った。

「さア、お上んなさい。」とお雪は来る筈の人が来たという心持を、其様子と調子とに現したが、いつものように下の茶の間には通さず、先に立って梯子《はしご》を上るので、わたくしも様子を察して、

「親方が居るのか。」

「ええ。おかみさんも一緒……。」

「新奇のが来たね。」

「御飯焚《たき》のばアやも来たわ。」

「そうか。急に賑《にぎや》かになったんだな。」

「暫《しばら》く独りでいたら、大勢だと全くうるさいわね。」急に思出したらしく、「この間はありがとう。」

「好《い》いのがあったか。」

「ええ。明日《あした》あたり出来てくる筈よ。伊達締《だてじめ》も一本買ったわ。これはもうこんなだもの。後で下へ行って持ってくるわ。」

お雪は下へ降りて茶を運んで来た。姑《しばら》く窓に腰をかけて何ともつかぬ話をしていたが、主人《あるじ》夫婦は帰りそうな様子もない。その中《うち》梯子の降口《おりくち》につけた呼鈴が鳴る。馴染の客が来た知らせである。

家《うち》の様子が今までお雪一人の時とは全くちがって、長くは居られぬようになり、お雪の方でもまた主人の手前を気兼しているらしいので、わたくしは言おうと思った事もそのまま、半時間とはたたぬ中《うち》戸口を出た。

四五日過ると季節は彼岸に入った。空模様は俄《にわか》に変って、南風《なんぷう》に追われる暗雲の低く空を行き過る時、大粒の雨は礫《つぶて》を打つように降りそそいでは忽《たちま》ち歇《や》む。夜を徹して小息《おや》みもなく降りつづくこともあった。わたくしが庭の葉《は》雞頭《げいとう》は根もとから倒れた。萩《はぎ》の花は葉と共に振り落され、既に実を結んだ秋海棠《しゅうかいどう》の紅《あか》い茎は大きな葉を剝《は》がれて、痛ましく色が褪《あ》せてしまった。濡《ぬ》れた木《こ》の葉《は》と枯枝とに狼藉《ろうぜき》としている庭のさまを生き残った法師《ほうし》蟬《ぜみ》と蟋蟀《こおろぎ》とが雨の霽《は》れま霽れまに嘆き弔《とむら》うばかり。わたくしは年々秋風秋雨に襲われた後《のち》の庭を見るたびたび紅楼夢《こうろうむ》＊の中にある秋窓風雨夕《しゅうそうふううのゆうべ》と題された一篇の古詩を思起す。

秋花《ハ》惨淡《トシテ》秋草《ハ》黄《ナリ》。
耿耿《タル》秋燈秋夜《ハ》長《シ》。

已ニ賞ス秋窓ニ秋ノ不レ尽キザルヲ。
那《イカンゾ》堪ンヤ風雨ノ助クルヲ二凄涼ヲ一。
助クルノレ秋ヲ風雨ハ来ルコト何ゾ速ナルヤ。
驚破ス秋窓秋夢ノ緑ナルヲ。

……………………………

そして、わたくしは毎年同じように、とても出来ぬとは知りながら、何とかうまく翻訳して見たいと思い煩《わずら》うのである。

風雨の中に彼岸は過ぎ、天気がからりと晴れると、九月の月も残り少く、やがて其年の十五夜になった。

前の夜もふけそめてから月が好かったが、十五夜の当夜には早くから一層曇りのない明月を見た。

わたくしがお雪の病んで入院していることを知ったのは其夜である。雇婆から窓口で聞いただけなので、病の何であるのかも知る由《よし》がなかった。

十月になると例年よりも寒さが早く来た。既に十五夜の晩にも玉の井稲荷《いなり》の前通の商店に、「皆さん、障子《しょうじ》張りかえの時が来ました。サービスに上等の糊《のり》を進呈。」とかいた紙が下っていたではないか。もはや素足に古下駄を引摺《ひきず》り帽子もかぶらず夜歩きをする時節ではない。隣家《となり》のラディオも閉めた雨戸に遮《さえぎ》られて、それほどわたくしを苦しめないようになったので、わたくしは家に居てもどうやら燈火に親しむことができるようになった。

＊　＊　＊

濹東綺譚《ぼくとうきたん》はここに筆を擱《お》くべきであろう。然《しか》しながら若《も》しここに古風な小説的結末をつけようと欲するならば、半年或は一年の後、わたくしが偶然思いがけない処で、既に素人《しろと》になっているお雪に廻《めぐ》り逢う一節を書添えればよいであろう。猶又《なおまた》、この偶然の邂逅《かいこう》をして更に感傷的ならしめようと思ったなら、摺れちがう自動車とか或は列車の窓から、互に顔を見合しながら、言葉を交したいにも交すことの出来ない場面を設ければよいであろう。楓葉荻花《ふうようてきか》秋は瑟々《しつしつ》たる刀禰河《とねがわ》あたりの渡船《わたしぶね》で摺れちがう処などは、殊《こと》に妙であろう。

わたくしとお雪とは、互に其本名も其住所をも知らずにしまった。唯濹東の裏町、蚊のわめく溝際《どぶぎわ》の家で狎《な》れ暱《した》しんだばかり。一たび別れてしまえば生涯相逢うべき機会も手段もない間柄である。軽い恋愛の遊戯とは云いながら、再会の望みなき事を初めから知りぬいていた別離の情は、強《し》いて之《これ》を語ろうとすれば誇張に陥り、之を軽々《けいけい》に叙し去れば情を尽さぬ憾《うら》みがある。ピエールロッチの名著阿菊《おきく》さんの末段は、能《よ》く這般《しゃはん》の情緒を描き尽し、人をして暗涙を催さしむる力があった。わたくしが濹東綺譚の一篇に小説的色彩を添加しようとしても、それは徒《いたずら》にロッチの筆を学んで至らざるの笑を招くに過ぎぬかも知れない。

わたくしはお雪が永く溝際の家にいて、極めて廉価《れんか》に其媚《こび》を売るものでない事は、何のいわれもなく早くから之を予想していた。若い頃、わたくしは遊里の消息に通暁《つうぎょう》した老人から、こんな話をきかされたことがあった。これほど気に入った女はない。早く話をつけないと、外のお客に身受けをされてしまいはせぬかと思うような気がすると、其女はきっと病気で死ぬか、そうでなければ突然厭《いや》な男に身受をされて遠い国へ行ってしまう。何の訳もない気病みというものは不思議に当るものだと云う話である。

お雪はあの土地の女には似合わしからぬ容色と才智とを持っていた。雞群《けいぐん》の一鶴《いっかく》であった。然し昔と今とは時代がちがうから、病むとも死ぬような事はあるまい。義理にからまれて思わぬ人に一生を寄せる事もあるまい……。

建込んだ汚《きたな》らしい家の屋根つづき。風雨《あらし》の来る前の重苦しい空に映る燈影《ほかげ》を望みながら、お雪とわたくしとは真暗な二階の窓に倚《よ》って、互に汗ばむ手を取りながら、唯それともなく謎《なぞ》のような事を言って語り合った時、突然閃《ひらめ》き落ちる稲妻に照らされたその横顔。それは今も猶ありありと目に残って消去らずにいる。わたくしは二十《はたち》の頃から恋愛の遊戯に耽《ふけ》ったが、然し此の老境に至って、このような癡夢《ちむ》を語らねばならないような心持になろうとは。運命の人を揶揄《やゆ》することもまた甚しいではないか。草稿の裏には猶数行の余白がある。筆の行くまま、詩だか散文だか訳のわからぬものを書《しる》して此夜の愁《うれい》を慰めよう。

残る蚊に額さされしわが血汐《ちしお》。
ふところ紙に
君は拭いて捨てし庭の隅。
葉雞頭の一茎《ひとくき》立ちぬ。
夜ごとの霜のさむければ、
夕暮の風をも待たで、
倒れ死すべき定めも知らず、
錦《にしき》なす葉の萎《しお》れながらに
色増す姿ぞいたましき。

病める蝶ありて
傷《きず》つきし翼によろめき、
返《かえ》り咲く花とうたがう雛頭の
倒れ死すべきその葉かげ。
宿かる夢も
結ぶにひまなき晩秋《おそあき》の
たそがれ迫る庭の隅。
君とわかれしわが身ひとり、
倒れ死すべき雞頭の一茎と
ならびて立てる心はいかに。

丙子《ひのえね》十月三十日脱稿

作後贅言《ぜいげん》

向島寺島町《てらじままち》に在る遊里の見聞記《けんもんき》をつくって、わたくしは之《これ》を濹東綺譚《ぼくとうきたん》と命名した。濹の字は林述斎*が墨田川を言現《いいあらわ》すために濫《みだり》に作ったもので、その詩集には濹上漁謡と題せられたものがある。文化年代のことである。幕府瓦解《がかい》の際、成島柳北*が下谷和泉橋通《いずみばしどおり》の賜邸《してい》を引払い、向島須崎村《すさきむら》の別荘を家となしてから其《その》詩文には多く濹の字が用い出された。それから濹字が再び汎《あまね》く文人墨客《ぼっかく》の間に用いられるようになったが、柳北の死後に至って、いつともなく見馴《みな》れぬ字となった。

物徂徠*は墨田川を澄江となしていたように思っている。天明の頃には墨田堤を葛坡《かつは》となした詩人もあった。明治の初年詩文の流行を極めた頃、小野湖山*は向島の文字を雅馴《がじゅん》ならずとなし、其音によって夢香洲《むこうしゅう》の三字を考出したが、これも久しからずして忘れられてしまった。現時向島の妓街に夢香荘とよぶ連込宿がある。小野湖山の風流を襲《つ》ぐ心であるのかどうか、未《いま》だ詳《つまびらか》にするを得ない。

寺島町五丁目から六七丁目にわたった狭斜の地は、白髯橋《しらひげばし》の東方四五町のところに在る。即《すなわ》ち墨田堤の東北に在るので、濹上となすには少し遠すぎるような気がした。依《よ》ってわたくしはこれを濹東と呼ぶことにしたのである。濹東綺譚はその初め稿を脱した時、直《ただち》に地名を取って「玉の井雙紙《ぞうし》」と題したのであるが、後に聊《いささ》か思うところがあって、今の世には縁遠い濹字を用いて、殊更《ことさら》に風雅をよそおわせたのである。

小説の命題などについても、わたくしは十余年前井上啞々子《いのうえああし》を失い、去年の春神代帚葉翁《こうじろそうようおう》の訃《ふ》を聞いてから、爾来《じらい》全く意見を問うべき人がなく、又それ等について諧語《かいご》する相手もなくなってしまった。濹東綺譚は若《も》し帚葉翁が世に在るの日であったなら、わたくしは稿を脱するや否《いな》や、直に走って、翁を千駄木町《せんだぎまち》の寓居《ぐうきょ》に訪《おとな》い其閲読を煩《わずらわ》さねばならぬものであった。何故《なにゆえ》かというに翁はわたくしなどより、ずっと早くからのラビラントの事情に通暁《つうぎょう》し、好んで之を人に語っていたからである。翁は坐中の談話がたまたまその地の事に及べば、まず傍人より万年筆を借り、バットの箱の中身を抜き出し、其裏面に市中より迷宮に至る道路の地図を描き、ついで路地の出入口を記《き》し、その分れて那辺に至り又那辺に合するかを説明すること、掌《たなごころ》を指《さ》すが如《ごと》くであった。

そのころ、わたくしは大抵毎晩のように銀座尾張町の四ツ角で翁に出逢った。翁は人を待合すのにカフエーや喫茶店を利用しない。待設けた人が来てから後、話をする時になって初めて飲食店の椅子《いす》に坐るのである。それまでは康衢《こうく》の一隅に立ち、時間を測って、逢うべき人の来るのを待っているのであるが、その予測に反して空《むな》しく時を費すことがあっても、翁は決して怒りもせず悲しみもしない。翁の街頭に佇立《たたず》むのは約束した人の来るのを待つためばかりではない。寧《むしろ》これを利用して街上の光景を眺めることを喜んでいたからである。翁が生前屢《しばしば》わたくしに示した其手帳には、某年某月某日の条下に、某処に於いて見る所、何時より何時までの間、通行の女凡《およ》そ何人の中《うち》洋装をなすもの幾人。女給らしきものにして檀那《だんな》らしきものと連立って歩むもの幾人。物貰《ものもら》い門附《かどづけ》幾人などと記してあったが、これ等は町の角や、カフエーの前の樹の下などに立たずんで人を待っている間に鉛筆を走《はし》したものである。

今年残暑の殊に甚《はなは》だしかった或夜、わたくしは玉の井稲荷前の横町を歩いていた時、おでん屋か何かの暖簾《のれん》の間から、三味線を抱えて出て来た十七八の一寸《ちょっと》顔立のいい門附から、「おじさん。」と親しげに呼びかけられた事があった。

「おじさん、こっちへも遊びに来るのかい。」

初めは全く見忘れていたが、門附の女の糸切歯を出して笑う口元から、わたくしは忽《たちま》ち四五年前、銀座の裏町で帚葉翁と共にこの娘とはなしをした事があったのを思出した。翁は銀座から駒込の家に帰る時、いつも最終の電車を尾張町の四辻か銀座三丁目の松屋前で待っている間、同じ停留場に立っている花売、辻占売《つじうらうり》、門附などと話をする。車に乗ってからも相手が避けないかぎり話をしつづけるので、この門附の娘とは余程前から顔を知り合っていたのであった。

門附の娘はわたくしが銀座の裏通りで折々見掛けた時分には、まだ肩揚《かたあげ》をして三味線を持たず、左右の手に四竹《よつだけ》*を握っていた。髪は桃割《ももわれ》に結い、黒襟《えり》をかけた袂《たもと》の長い着物に、赤い半襟。赤い帯をしめ、黒塗の下駄の鼻緒も赤いのをかけた様子は、女義《ぎ》太夫《だゆう》の弟子でなければ、場末の色町の半玉のようにも見られた。細面《ほそおもて》のませた顔立から、首や肩のほっそりした身体《からだ》つきもまたそういう人達に能《よ》く見られる典型的なものであった。その生立や性質の型通りであるらしいことも、また恐らくは問うに及ばぬことであろう。

「すっかり、姉《ねえ》さんになっちまったな。まるで芸者衆《げいしゃしゅ》だよ。」

「ほほほほほ、おかしか無い。」と言いながら娘は平打《ひらうち》の簪《かんざし》を島田の根元にさし直した。

「おかしいものか。お前も銀座仕込じゃないか。」

「でも、あたい、もう彼方《あっち》へは行かないんだよ。」

「こっちの方がいいか。」

「此方《こっち》だって、何処《どこ》だって、いいことはないよ。だけれど、銀座はあぶれると歩いちゃ帰れないし、仕様がないからね。」

「お前、あの時分は柳島へ帰るのだったね。」

「ああ、今は請地《うけじ》へ越したよ。」

「お腹《なか》がすいてるか。」

「いいえ、まだ宵《よい》の口だもの。」

銀座では電車賃をやった事もあったので、其夜は祝儀《しゅうぎ》五十銭を与えて別れた。その後一ト月ばかりたって、また路端《みちばた》で出逢ったことがあるが、間もなく夜露も追々肌寒くなって来たので、わたくしはこの町へ散歩に来ることも次第に稀《まれ》になった。しかしこの町の最も繁昌するのは、夜風の身に沁《し》むようになってからだと云うから、あの娘もこの頃は毎夜かかさずふけ渡る町を歩いているのであろう。

*　*　*

帚葉翁《そうようおう》とわたくしとが、銀座の夜深《よふけ》に、初めてあの娘の姿を見た頃と、今年図らず寺島町の路端でめぐり逢った時とを思合せると、歳月は早くも五年を過ぎている。この間に時勢の変ったことは、半玉のような此娘の着物の肩揚がとれ、桃割が結綿《ゆいわた》をかけた島田になった其変りかたとは、同じ見方を以て見るべきものではあるまい。四竹を鳴して説経＊を唱《うた》っていた娘が、三味線をひいて流行唄《はやりうた》を歌う姉さんになったのは、孑孑《ぼうふり》が蚊になり、オボコがイナになり、イナがボラになったと同じで、これは自然の進化である。マルクスを論じていた人が朱子学＊を奉ずるようになったのは、進化ではなくして別の物に変ったのである。前の者は空《くう》となり、後の者は忽然《こつぜん》として出現したのである。やどり蟹《がに》の殻の中に、蟹ではない別の生物が住んだようなものである。

われわれ東京の庶民が満洲の野《や》に風雲の起った事を知ったのは其の前の年、昭和五六年の間であった。たしかその年の秋の頃、わたくしは招魂社境内の銀杏《いちょう》の樹に三日ほどつづいて雀合戦のあった事をきいて、その最終の朝麹町《こうじまち》の女達と共に之を見に行ったことがあった。その又前の年の夏には、赤坂見附の濠《ほり》に、深更人の定《さだま》った後、大きな蝦蟇《がま》が現れ悲痛な声を揚げて泣くという噂《うわさ》が立ち、或新聞の如きは蝦蟇を捕えた人に金参百円の賞を贈ると云う広告を出した。それが為《た》め雨の降る夜などには却《かえっ》て人出が多くなったが、賞金を得た人の噂も遂《つい》に聞かず、いつの間にかこの話は烟《けむり》のように消えてしまった。

雀合戦を見た其年も忽ち暮に迫った或日の午後、わたくしは葛西村《かさいむら》の海辺《うみべ》を歩いて道に迷い、日が暮れてから燈火を目当にして漸《ようや》く船堀橋《ふなぼりばし》の所在を知り、二三度電車を乗りかえた後、洲崎の市電終点から日本橋の四辻に来たことがあった。深川の暗い町を通り過ぎた電車から、白木屋《しろきや》百貨店の横手に降りると、燈火の明るさと年の暮の雑《ざっ》沓《とう》と、ラディオの軍歌とが一団になって、今日の半日も夜になるまで、人跡《じんせき》の絶えた枯蘆《かれあし》の岸ばかりさまよっていたわたくしの眼には、忽然《こつぜん》異様なる印象を与えた。またしても乗換の車を待つため、白木屋の店頭に佇《たたず》むと、店の窓には、黄色の荒原の処々《ところどころ》に火の手の上っている背景を飾り、毛衣《けごろも》で包んだ兵士の人形を幾個《いくつ》となく立並べてあったのが、これ又わたくしの眼を驚した。わたくしは直《ただち》に、街上に押合う群集の様子に眼を移したが、それは毎年《まいとし》の歳暮に見るものと何の変りもなく、殊更に立止って野営の人形を眺めるものはないらしいようであった。

銀座通に柳の苗木が植えつけられ、両側の歩道に朱骨《しゅぼね》の雪洞《ぼんぼり》が造り花の間に連ねもされ、銀座の町が宛《さなが》ら田舎芝居の仲《なか》の町《ちょう》の場と云うような光景を呈し出したのは、次の年の四月ごろであった。わたくしは銀座に立てられた朱骨のぼんぼりと、赤坂溜《ため》池《いけ》の牛肉屋の欄干が朱で塗られているのを目にして、都人《とじん》の趣味のいかに低下し来《きた》ったかを知った。霞ヶ関の義挙*が世を震動させたのは柳まつりの翌月《あくるつき》であった。わたくしは丁度其夕《ゆう》、銀座通を歩いていたので、この事を報道する号外の中では読売新聞のものが最も早く、朝日新聞がこれについだことを目撃した。時候がよく、日曜日に当っていたので、其夕銀座通はおびただしい人出であったが電信柱に貼付《はりつ》けられた号外を見ても群集は何等特別の表情を其面上に現さぬばかりか、一語のこれについて談話をするものもなく、唯《ただ》露店の商人が休みもなく兵器の玩具に螺旋《ぜんまい》をかけ、水出しのピストルを乱射しているばかりであった。

帚葉翁が古帽子をかぶり日光下駄をはいて毎夜かかさず尾張町の三越前に立ち現れたのはその頃からであった。銀座通の裏表に処を択《えら》ばず蔓衍《まんえん》したカフエーが最も繁昌し、又最も淫卑《いんぴ》に流れたのは、今日《こんにち》から回顧すると、この年昭和七年の夏から翌年にかけてのことであった。いずこのカフエーでも女給を二三人店口に立たせて通行の人を呼び込ませる。裏通のバアに働いている女達は必ず二人ずつ一組になって、表通を歩み、散歩の人の袖《そで》を引いたり目まぜで誘《いざな》ったりする。商店の飾付《かざりつけ》を見る振りをして立留り、男一人の客と見れば呼びかけて寄添い、一緒にお茶を飲みに行こうと云う怪し気な女もあった。百貨店でも売子の外に大勢の女を雇入れ、海水浴衣を着せて、女の肌身を衆人の目前に曝《さら》させるようにしたのも、たしかこの年から初まったのである。裏通の角々にはヨウヨウとか呼ぶ玩具を売る小娘の姿を見ぬ事はなかった。わたくしは若い女達が、其の雇主の命令に従って、其の顔と其の姿とを、或は店先、或は街上に曝すことを恥とも思わず、中には往々得意らしいのを見て、公娼《こうしょう》の張店《はりみせ》が復興したような思をなした。そして、いつの世になっても、女を使役するには変らない一定の方法がある事を知ったような気がした。

地下鉄道は既に京橋の北詰まで開鑿《かいさく》せられ、銀座通には昼夜の別なく地中に鉄棒を打込む機械の音がひびきわたり、土工は商店の軒下に処嫌わず昼寝をしていた。

月島小学校の女教師《おんなきょうし》が夜になると銀座一丁目裏のラバサンと云うカフエーに女給となって現れ、売春の傍枕《かたわらまくら》さがしをして捕えられた事が新聞の紙上を賑《にぎわ》した。それはやはりこの年昭和七年の冬であった。

＊　＊　＊

わたくしが初て帚葉翁と交《まじわり》を訂《ただ》したのは、大正十年の頃であろう。その前から古本の市《いち》へ行くごとに出逢っていたところから、いつともなく話をするようになっていたのである。然《しか》し其後《その》も会うところは相変らず古本屋の店先で、談話は古書に関することばかりであったので、昭和七年の夏、偶然銀座通で邂逅《かいこう》した際には、わたくしは意外の地で意外な人を見たような気がした為、其夜は立談《たちばなし》をしたまま別れたくらいであった。

わたくしは昭和二三年のころから丁度其時分まで一時全く銀座からは遠のいていた

のであったが、夜眠られない病気が年と共に烈《はげ》しくなった事や、自炊に便利な食料品を買う事や、また夏中は隣家《となり》のラディオを聞かないようにする事や、それ等のためにまたしても銀座へ出かけはじめたのであるが、新聞と雑誌との筆誅《ひっちゅう》を恐れて、裏通を歩くにも人目を忍び、向《むこう》の方から頭髪を振乱した男が折革包《おりかばん》をぶら下げたり新聞雑誌を抱えたりして歩いて来るのを見ると、横町へ曲ったり電柱のかげにかくれたりしていた。

帚葉翁はいつも白足袋《しろたび》に日光下駄をはいていた。其風采《ふうさい》を一見しても直《ただち》に現代人でない事が知られる。それ故《ゆえ》、わたくしが現代文士を忌《い》み恐れている理由をも説くに及ばずして翁は能く之《これ》を察していた。わたくしが表通のカフエーに行くことを避けている事情をも、翁はこれを知っていた。一夜《いちや》翁がわたくしを案内して、西銀座の裏通にあって、殆《ほとん》ど客の居ない万茶亭《ばんさてい》という喫茶店へつれて行き、当分その処を会合処にしようと言ったのも、わたくしの事情を知っていた故であった。

わたくしは炎暑の時節いかに渇《かっ》する時と雖《いえど》、氷を入れた淡水の外冷いものは一切口にしない。冷水も成るべく之を避け夏も冬と変りなく熱い茶か珈琲《コーヒー》を飲む。アイスクリームの如きは帰朝以来今日まで一度も口にした事がないので、若《も》し銀座を歩く人の中で銀座のアイスクリームを知らない人があるとしたなら、それは恐らくわたくし一《いち》人《にん》のみであろう。翁がわたくしを万茶亭に案内したのもまたこれが為であった。

銀座通のカフエーで夏になって熱い茶と珈琲とをつくる店は殆ど無い。西洋料理店の中でも熱い珈琲をつくらない店さえある。紅茶と珈琲とはその味《あじわい》の半《なかば》は香気に在るので、若し氷で冷却すれば香気は全く消失《きえう》せてしまう。然るに現代の東京人は冷却して香気のないものでなければ之を口にしない。わたくしの如き旧弊人《きゅうへいじん》にはこれが甚だ奇風に思われる。この奇風は大正の初にはまだ一般には行きわたっていなかった。

紅茶も珈琲も共に洋人の持ち来ったもので、洋人は今日《こんにち》と雖その冷却せられたものを飲まない。これを以て見れば紅茶珈琲の本来の特性は暖きにあるや明《あきらか》である。今之を邦俗に従って冷却するのは本来の特性を破損するもので、それはあたかも外国の小説演劇を邦語に訳す時土地人物の名を邦化するものと相似ている。わたくしは何事によらず物の本性《ほんせい》を傷《きずつ》けることを悲しむ傾があるから、外国の文学は外国のものとして之を鑑賞したいと思うように、其飲食物の如きもまた邦人の手によって塩梅《あんばい》せられたものを好まないのである。

万茶亭は多年南米の殖民地に働いていた九州人が珈琲を売るために開いた店だという事で、夏でも暖い珈琲を売っていた。然し其主人《あるじ》は帚葉翁と前後して世を去り、其店もまた閉《とざ》されて、今はない。

わたくしは帚葉翁と共に万茶亭に往く時は、狭い店の中のあつさと蠅《はえ》の多いのとを恐れて、店先の並木の下に出してある椅子《いす》に腰をかけ、夜も十二時になって店の灯の消える時迄《まで》じっとしている。家《うち》へ帰って枕についても眠られない事を知っているので十二時を過ぎても猶《なお》行くべきところがあれば誘われるままに行くことを辞さなかった。翁はわたくしと相対して並木の下に腰をかけている間に、万茶亭と隣接したラインゴルト、向側のサイセリヤ、スカール、オデッサなどいう酒場に出入する客の人数《にんず》を数えて手帳にかきとめる。円タクの運転手や門附と近づきになって話をする。それにも飽きると、表通へ物を買いに行ったり路地を歩いたりして、戻って来ると其の見て来た事をわたくしに報告する。今、どこの路地で無頼漢が神祇《じんぎ》の礼*を交していたとか、或は向の川岸で怪し気な女に袖《そで》を牽《ひ》かれたとか、曾《かつ》てどこそこの店にいた女給が今はどこそこの女主人《おんなあるじ》になっているとか云う類《たぐい》のはなしである。寺島町の横町でわたくしを呼止めた門附の娘も、初めて顔を見知ったのはこの並木の下であったに違いはない。

わたくしは翁の談話によって、銀座の町がわずか三四年見ない間にすっかり変った、其景況の大略を知ることができた。震災前《ぜん》表通に在った商店で、もとの処に同じ業をつづけているものは数えるほどで、今は悉《ことごと》く関西もしくは九州から来た人の経営に任《ゆだ》ねられた。裏通の到《いた》る処に海豚汁《ふぐじる》や関西料理の看板がかけられ、横町の角々に屋台店の多くなったのも怪しむには当らない。地方の人が多くなって、外で物を食う人が増加したことは、いずこの飲食店も皆繁昌している事がこれを明にしている。地方の人は東京の習慣を知らない。最初停車場構内の飲食店、また百貨店の食堂で見覚えた事は悉く東京の習慣だと思込んでいるので、汁粉屋の看板を掛けた店へ来て支那蕎麦《そば》があるかときき、蕎麦屋に入って天麩羅《てんぷら》を誂《あつら》え断られて訝《いぶか》し気な顔をするものも少くない。飲食店の硝子《ガラス》窓に飲食物の模型を並べ、之に価格をつけて置くようになったのも、蓋《けだ》し已《や》むことを得ざる結果で、これまた其範《そのはん》を大阪に則《と》ったものだという事である。

街に灯《ひ》がつき蓄音機の響が聞え初めると、酒気を帯びた男が四五人ずつ一組になり、互に其腕を肩にかけ合い、腰を抱き合いして、表通といわず裏通といわず銀座中をひょろひょろさまよい歩く。これも昭和になってから新《あらた》に見る所の景況で、震災後頻《しきり》にカフエーの出来はじめた頃にはまだ見られぬものであった。わたくしは此不体裁にして甚だ無遠慮《ぶえんりょ》な行動の原因するところを詳《つまびらか》にしないのであるが、其実例によって考察すれば、昭和二年初めて三田の書生及三田出身の紳士が野球見物の帰り群《ぐん》をなし隊をつくって銀座通を襲った事を看過するわけには行かない。彼等は酔《えい》に乗じて夜店の商品を踏み壊し、カフエーに乱入して店内の器具のみならず家屋にも多大の損害を与え、制御の任に当る警吏と相争うに至った。そして毎年二度ずつ、この暴行は繰返されて今日に及んでいる。わたくしは世の父兄にして未一人《いまだいちにん》の深く之を憤《いきどお》り其子弟をして退学せしめたもののある事を聞かない。世は挙《こぞ》って書生の暴行を以て是《ぜ》となすものらしい。曾てわたくしも明治大正の交、乏《ぼう》を承《う》けて*三田に教鞭《きょうべん》を把《と》った事もあったが、早く辞して去ったのは幸であった。そのころ、わたくしは経営者中の一人《いちにん》から、三田の文学も稲門《とうもん》に負けないように尽力していただきたいと言われて、その愚劣なるに眉《まゆ》を顰《ひそ》めたこともあった。彼等は文学芸術を以て野球と同一に視《み》ていたのであった。

　わたくしは元来その習癖《きょうへき》よりして党を結び群《ぐん》をなし、其威を借りて事をなすことを欲しない。むしろ之を怯となして排《しりぞ》けている。治国の事はこれを避けて論外に措《お》く。わたくしは芸林に遊ぶものの往々社を結び党を立てて、己《おのれ》に与《くみ》するを揚げ与せざるを抑えようとするものを見て、之を怯となし、陋《ろう》となすのである。その一例を挙ぐれば、曾て文藝春秋社の徒が、築地小劇場の舞台にその党の作品の上演せられなかった事を含み、小山内薫《おさないかおる》の抱ける劇文学の解釈を以て誤れるものとなした事の如《ごと》きを言うのである。

　鴻雁《こうがん》は空を行く時列をつくっておのれを護《まも》ることに努めているが、鶯《うぐいす》は幽谷を出《い》でて喬木《きょうぼく》に遷《うつ》らんとする時、群をもなさず列をもつくらない。然も猶鴻雁は猟者《りょうしゃ》の砲火を逃《のが》るることができないではないか。結社は必ずしも身を守る道とは言えない。

婦女子の媚《こび》を売るものに就《つ》いて見るも、また団結を以て安全となすものと、孤影悄然《しょうぜん》として猶且《か》つ悲しまざるが如きものもある。銀座の表通に燈火を輝すカフエーを城郭となし、赤組と云い白組と称する団体を組織し、客の纏頭《てんとう》*を貪《むさぼ》るものは女給の群《むれ》である。風呂敷包をかかえ、時には雨傘を携え、夜店の人ごみにまぎれて窃《ひそか》に行人《こうじん》の袖を引くものは独立の街娼である。この両者は其外見頗《すこぶる》異る所があるが、その一たび警吏に追跡せらるるや、危難のその身に達することには何の差別もないのであろう。

＊　　＊　　＊

今年昭和十一年の秋、わたくしは寺島町へ行く道すがら、浅草橋辺で花電車を見ようとする人達が路傍《みちばた》に堵《かき》をなしているのに出逢った。気がつくと手にした乗車切符がいつもよりは大形になって、市電二十五周年記念とかしてあった。何か事のある毎《ごと》に、東京の街路には花電車というものが練り出される。今より五年前帚葉翁と西銀座万茶亭に夜をふかし馴れた頃、秋も既に彼岸を過ぎていたかも知れない。給仕人から今しがた花電車が銀座を通ったことを聞いた。そして、其夜の花電車は東京府下の町々が市内に編入せられたことを祝うためであった事をも見て来た人から聞き伝えたのであった。是《これ》より先、まだ残暑のさり切らぬころ、日比谷の公園に東京音頭と称する公開ったことがあった。

東京音頭は郡部の地が市内に合併し、東京市が広くなったのを祝するために行われたように言われていたが、内情は日比谷の角にある百貨店の広告に過ぎず、其店で揃《そろ》いの浴衣《ゆかた》を買わなければ入場の切符を手に入れることができないとの事であった。それはとにかく、東京市内の公園で若い男女の舞踏をなすことは、これまで一たびも許可せられた前例がない。地方農村の盆踊さえたしか明治の末頃には県知事の命令で禁止せられた事もあった。東京では江戸のむかし山の手の屋敷町に限って、田舎から出て来た奉公人が盆踊をする事を許されていたが、町民一般は氏神の祭礼に狂奔《きょうほん》するばかりで盆に踊る習慣はなかったのである。

わたくしは震災前《ぜん》、毎夜帝国ホテルに舞踏の行われた時、愛国の志士が日本刀を振《ふる》って場内に乱入した為《ため》、其後舞踏の催しは中止となった事を聞いていたので、日比谷公園に公開せられた東京音頭の会場にも何か騒ぎが起りはせぬかと、内心それを期待していたが、何事も無く音頭の踊は一週間の公開を終った。

「どうも、意外な事だね。」とわたくしは帚葉翁を顧て言った。翁は薄鬚《うすひげ》を生《はや》した口元に笑を含ませ、

「音頭とダンスとはちがうからでしょう。」

「しかし男と女とが大勢一緒になって踊るのだから、同じ事じゃないですか。」

「それは同じだが、音頭の方は男も女も洋服を着ていない。浴衣をきているからいいのでしょう。肉体を露出しないからいいのでしょう。」

「そうかね、しかし肉体を露出する事から見れば、浴衣の方があぶないじゃないですか。女の洋装は胸の方が露出されているが腰から下は大丈夫だ。浴衣は之とは反対なものですぜ。」

「いや、先生のように、そう理窟《りくつ》詰めにされてはどうにもならない。震災の時分、夜警団の男が洋装の女の通りかかるのを尋問した。其時何か癪《しゃく》にさわる事を言ったと云うので、女の洋服を剝《は》ぎ取って、身体検査をしたとか、しないとか大騒ぎな事があったです。夜警団の男も洋服を着ていた。それで女の洋装するのが癪にさわると云うんだから理窟にはならない。」

「そういえば女の洋服は震災時分にはまだ珍らしい方だったね。今では、こうして往来を見ていると、通る女の半分は洋服になったね。カフエー、タイガーの女給も二三年前から夏は洋服が多くなったようですね。」

「武断政治の世になったら、女の洋装はどうなるでしょう。」

「踊も浴衣ならいいと云う流儀なら、洋装ははやらなくなるかも知れませんね。然し今の女は洋装をよしたからと云って、日本服を着こなすようにはならないと思いますよ。一度崩れてしまったら、二度好くなることはないですからね。芝居でも遊芸でもそうでしょう。文章だってそうじゃないですか。勝手次第にくずしてしまったら、直そうと思ったって、もう直りはしないですよ。」

「言文一致でも鷗外《おうがい》先生のものだけは、朗吟する事ができますね。」帚葉翁は眼鏡をはずし両眼を閉じて、伊沢蘭軒*が伝の末節を唱えた。「わたくしは学殖なきを憂《うれ》うる。常識なきを憂えない。天下は常識に富める人の多きに堪えない。」

＊　　＊　　＊

こんな話をしていると、夜は案外早くふけわたって、服部の時計台から十二時を打つ鐘の声が、其頃《そのころ》は何となく耳新しく聞きなされた。

考証癖の強い翁は鐘の音《ね》をきくと、震災前《ぜん》まで八官町に在った小林時計店の鐘の音《ね》が、明治のはじめには新橋八景の中にも数えられていた事などを語り出す。わたくしは明治四十四五年の頃には毎夜妓家の二階で女の帰って来るのを待ちながら、かの大時計の音《おと》に耳を澄した事などを思出すのであった。三木愛花*の著した小説芸者節用などのはなしも、わたくし達二人の間には屢《しばしば》語り出される事があった。

万茶亭の前の道路にはこの時間になると、女給や酔客の帰りを当込んで円タクが集って来る。この附近の酒場でわたくしが其名を記憶しているのは、万茶亭の向側にはオデッサ、スカール、サイセリヤ、此方《こなた》の側にはムウランルージュ、シルバースリッパ、ラインゴルトなど。また万茶亭と素人屋《しもたや》との間の路地裏にはルパン、スリイシスタ、シラムレンなど名づけられたものがあった。今も猶在るかも知れない。

服部の鐘の音を合図に、それ等の酒場やカフエーが一斉に表の灯《ひ》を消すので、街路《まち》は俄《にわか》に薄暗く、集って来る円タクは客を載せても徒《いたずら》に喇叭《らっぱ》を鳴すばかりで、動けない程込み合う中《うち》、運転手の喧嘩《けんか》がはじまる。かと思うと、巡査の姿が見えるが早いか、一輛《りょう》残らず逃げ失せてしまうが、暫《しばら》くして又もとのように、その辺一帯をガソリン臭くしてしまうのである。

帚葉翁はいつも路地を抜け、裏通から尾張町の四ツ角に出《い》で、既に一群をなして赤電車を待っている女給と共に路傍に立ち、顔馴染《なじみ》のものがいると先方の迷惑をも顧ず、大きな声で話をしかける。翁は毎夜の見聞によって、電車のどの線には女給が最も多く乗るか、又その行先は場末のどの方面が最も多いかという事を能《よ》く知っていた。自慢らしく其話に耽《ふけ》って、赤電車にも乗りそこなう事がたびたびであったが、然しそういう場合にも、翁は敢て驚く様子もなく、却《かえっ》て之《これ》を幸とするらしく、「先生、少しお歩きになりませんか。その辺までお送りしましょう。」と言う。

わたくしは翁の不遇なる生涯を思返して、それはあたかも、待っていた赤電車を眼前に逸しながら、狼狽《ろうばい》の色を示さなかった態度によく似ていたような心持がした。翁は郷里の師範学校を出て、中年にして東京に来《きた》り、海軍省文書課、慶応義塾図書館、書肆《しょし》一誠堂編輯部《へんしゅうぶ》其他に勤務したが、永く其職に居ず、晩年は専《もっぱ》ら鉛槧《えんざん》*に従事したが、これさえ多くは失敗に終った。けれども翁は深く悲しむ様子もなく、閑散の生涯を利用して、震災後市井《しせい》の風俗を観察して自ら娯《たの》しみとしていた。翁と交るものは其悠々たる様子を見て、郷里には資産があるものと思っていたが、昭和十年の春俄に世を去った時、其家には古書と甲冑《かっちゅう》と盆栽との外、一銭の蓄《たくわえ》もなかった事を知った。

この年銀座の表通は地下鉄道の工事最中で、夜店がなくなる頃から、凄《すさま》じい物音が起り、工夫の恐しい姿が見え初めるので、翁とわたくしとの漫歩は、一たび尾張町の角まで運び出されても、すぐさま裏通に移され、おのずから芝口の方へと導かれるのであった。土橋《どばし》か難波橋《なにわばし》かをわたって省線のガードをくぐると、暗い壁の面《おもて》に、血盟団*を釈放せよなど、不穏な語をつらねたいろいろの紙が貼《は》ってあった。其下にはいつも乞食が寝ている。ガードの下を出ると歩道の片側に、「栄養の王座」など書いた看板を出し、四角な水槽《みずおけ》に鰻《うなぎ》を泳がせ釣針を売る露店が、幾軒となく桜田本郷町の四ツ角ちかくまで続いて、カフエー帰りの女給や、近所の遊人らしい男が大勢集っている。裏通へ曲ると、停車場の改札口と向い合った一条《ひとすじ》の路地があって、其両側に鮓《すし》屋と小料理屋が並んでいる。その中には一軒わたくしの知っている店もある。暖簾《のれん》に焼鳥金兵衛としるした家で、その女主人《おんなあるじ》は二十余年のむかし、わたくしが宗十郎町の芸者家に起臥していた頃、向側の家にいた名妓《めいぎ》なにがしというものである。金兵衛の開店したのはたしか其年の春頃であるが、年々に繁昌して今は屋内を改築して見違えるようになっている。

この路地には震災後も待合や芸者家が軒をつらねていたが、銀座通にカフエーの流《は》行《や》り始めた頃から、次第に飲食店が多くなって、夜半過に省線電車に乗る人と、カフエー帰りの男女とを目当に、大抵暁の二時ごろまで灯《あかり》を消さずにいる。鮨《すし》屋の店が多いので、鮨屋横町とよぶ人もある。

わたくしは東京の人が夜半過ぎまで飲み歩くようになった其状況を眺める時、この新しい風習がいつ頃から起ったかを考えなければならない。

吉原遊廓《ゆうかく》の近くを除いて、震災前《ぜん》東京の町中《まちじゅう》で夜半過ぎて灯を消さない飲食店は、蕎麦《そば》屋より外はなかった。

帚葉翁はわたくしの質問に答えて、現代人が深夜飲食の楽しみを覚えたのは、省線電車が運転時間を暁一時過ぎまで延長したことと、市内一円の札を掲げた辻自動車が五十銭から三十銭まで値下げをした事とに基くのだと言って、いつものように眼鏡を取って、その細い眼を瞬《しばたた》きながら、「この有様を見たら、一部の道徳家は大に慨嘆するでしょうな。わたくしは酒を飲まないし、腥臭《なまぐさ》いものが嫌いですから、どうでも構いませんが、もし現代の風俗を矯正《きょうせい》しようと思うなら、交通を不便にして明治時代のようにすればいいのだと思います。そうでなければ夜半過ぎてから円タクの賃銭をグット高くすればいいでしょう。ところが夜おそくなればなるほど、円タクは昼間の半分よりも安くなるのですからね。」

「然《しか》し今の世の中のことは、これまでの道徳や何かで律するわけに行かない。何もかも精力発展の一現象だと思えば、暗殺も姦淫《かんいん》も、何があろうとさほど眉《まゆ》を顰《しか》めるにも及ばないでしょう。精力の発展と云ったのは慾望を追求する熱情と云う意味なんです。スポーツの流行、ダンスの流行、旅行登山の流行、競馬其他博奕《ばくえき》の流行、みんな慾望の発展する現象だ。この現象には現代固有の特徴があります。それは個人めいめいに、他人よりも自分の方が優れているという事を人にも思わせ、また自分でもそう信じたいと思っている――その心持です。優越を感じたいと思っている慾望です。明治時代に成長したわたくしにはこの心持がない。あったところで非常にすくないのです。これが大正時代に成長した現代人と、われわれとの違うところですよ。」

円タクが喇叭を吹鳴《ふきなら》している路端《みちばた》に立って、長い議論もしていられないので、翁とわたくしとは丁度三四人の女給が客らしい男と連立ち、向側の鮓屋に入ったのを見て、その後《あと》につづいて暖簾をくぐった。現代人がいかなる処、いかなる場合にもいかに甚しく優越を争おうとしているかは、路地裏の鮓屋に於いても直《ただち》に之を見ることができる。

彼等は店の内《なか》が込んでいると見るや、忽《たちま》ち鋭い眼付になって、空席を見出《みいだ》すと共に人込みを押分けて驀進《ばくしん》する。物をあつらえるにも人に先《さき》じようとして大声を揚げ、卓《たく》子《し》を叩《たた》き、杖《つえ》で床を突いて、給仕人を呼ぶ。中にはそれさえ待ち切れず立って料理場を窺《のぞ》き、直接料理人に命令するものもある。日曜日に物見遊山《ゆさん》に出掛け汽車の中の空席を奪取《うばいと》ろうがためには、プラットフホームから女子供を突落す事を辞さないのも、こういう人達である。戦場に於て一番槍《やり》の手柄をなすのもこういう人達である。乗客の少い電車の中でも、こういう人達は五月人形のように股《また》を八の字に開いて腰をかけ、取れるだけ場所を取ろうとしている。

何事をなすにも訓練が必要である。彼等はわれわれの如《ごと》く徒歩して通学した者とはちがって、小学校へ通う時から雑沓《ざっとう》する電車に飛乗り、雑沓する百貨店や活動小屋の階段を上下して先を争うことに能《よ》く馴《な》らされている。自分の名を売るためには、自ら進んで全級の生徒を代表し、時の大臣や顕官に手紙を送る事を少しも恐れていない。自分から子供は無邪気だから何をしてもよい、何をしても咎《とが》められる理由はないものと解釈している。こういう子供が成長すれば人より先に学位を得んとし、人より先に職を求めんとし、人より先に富をつくろうとする。此《この》努力が彼等の一生で、其外《そのほか》には何物もない。

円タクの運転手もまた現代人の中《うち》の一人《いちにん》である。それ故《ゆえ》わたくしは赤電車がなくなって、家に帰るため円タクに乗ろうとするに臨んでは、漠然たる恐怖を感じないわけには行かない。成るべく現代的優越の感を抱いていないように見える運転手を捜さなければならない。必要もないのに、先へ行く車を追越そうとする意気込の無さそうに見える運転手を捜さなければならない。若しこれを怠るならばわたくしの名は忽《たちまち》翌日の新聞紙上に交通禍の犠牲者として書立てられるであろう。

＊　＊　＊

窓の外に聞える人の話声と箒《ほうき》の音とに、わたくしはいつもより朝早く眼をさました。

臥床《ねどこ》の中から手を伸して枕《まくら》もとに近い窓の幕を片よせると、朝日の光が軒を蔽《おお》う椎《しい》の茂みにさしこみ、垣根際《ぎわ》に立っている柿の木の、取残された柿の実を一層《ひとしお》色濃く照している。箒の音と人の声とは隣の女中とわたくしの家の女中とが垣根越しに話をしながら、それぞれ庭の落葉を掃いているのであった。乾いた木《こ》の葉の蔌々《そうそう》としてひびきを立てる音が、いつもより耳元ちかく聞えたのは、両方の庭を埋《うず》めた落葉が、両方ともに一度に掃き寄せられるためであった。

　わたくしは毎年冬の寝覚《ねざめ》に、落葉を掃く同じようなこの響をきくと、やはり毎年同じように、「老愁ハ葉ノ如ク掃《ハラ》ヘドモ尽キズ蔌蔌タル声中又秋ヲ送ル。」と言った館柳《たちりゅう》湾《わん》*の句を心頭に思浮べる。その日の朝も、わたくしは此句を黙誦《もくしょう》しながら、寝間着のまま起《た》って窓に倚《よ》ると、崖《がけ》の榎《えのき》の黄ばんだ其葉も大方散ってしまった梢《こずえ》から、鋭い百《も》舌《ず》の声がきこえ、庭の隅に咲いた石蕗花《つわぶき》の黄《きいろ》い花に赤蜻蛉《あかとんぼ》がとまっていた。赤蜻蛉は数知れず透明な其翼をきらきらさせながら青々と澄渡った空にも高く飛んでいる。

　曇りがちであった十一月の天気も二三日前の雨と風とにすっかり定《さだま》って、いよいよ「一年ノ好景君記取セヨ」と東坡《とうば》*の言ったような小春の好時節になったのである。今まで、どうかすると、一筋二筋と糸のように残って聞えた虫の音も全く絶えてしまった。耳にひびく物音は悉《ことごと》く昨日《きのう》のものとは変って、今年の秋は名残りもなく過ぎ去ってしまったのだと思うと、寝苦しかった残暑の夜の夢も涼しい月の夜に眺めた景色も、何やら遠いむかしの事であったような気がして来る……年々見るところの景物に変りはない。年々変らない景物に対して、心に思うところの感懐もまた変りはないのである。花の散るが如く、葉の落《おつ》るが如く、わたくしには親しかった彼《か》の人々は一人一人相ついで逝《い》ってしまった。わたくしもまた彼の人々と同じように、その後を追うべき時の既に甚しくおそくない事を知っている。晴れわたった今日の天気に、わたくしはかの人々の墓を掃《はら》いに行こう。落葉はわたくしの庭と同じように、かの人々の墓をも埋めつくしているのであろう。

昭和十一年丙子《ひのえね》十一月脱稿

注解

ページ

七　＊吉原　東京都台東区浅草北部にあった元遊廓《ゆうかく》で、江戸時代より妓楼軒をつらねて隆盛をきわめた。

＊ぽん引《びき》　あいまい宿と連絡して客をつれこむ隠密客引き。「源氏」も同じ。

＊文芸倶楽部《クラブ》　明治二十八年一月、博文館より創刊された当時の有力な文芸雑誌。石橋思案編集。泉鏡花、樋口一葉、広津柳浪《ひろつりゅうろう》、小栗風葉《おぐりふうよう》、江見水蔭《えみすいいん》等が活躍したが、次第に大衆的となり、昭和八年一月廃刊となる。

八　＊やまと新聞　明治十九年十月創刊。三遊亭円朝の口演筆記を掲載して評判を博した。

＊芳譚《ほうたん》雑誌　「宝丹」で有名な守田治兵衛（号宝丹）をバックとして明治十一年七月創刊。はじめは忠信孝貞の佳談と薬の効能などをのせることを主としたが、二十一号より為永春江（初代為永春水門下の戯作者《げさくしゃ》）を編集者とし、戯作を多くのせ、十七年十月までづいた。

九　＊魯文《ろぶん》珍報　明治十年十一月創刊、同十二年五月三十四号で廃刊した仮名垣《かながき》魯文編集の雑誌。毎月三回発行。戯文・随筆を主とした。

＊花月新誌　明治十年一月創刊、同十七年十月百五十五号をもって廃刊した成島柳北《なるしまりゅうほく》編集の文学雑誌。

一二　＊大江匡《おおえただす》　荷風の遠祖は大江広元の二男長井左衛門尉《さえもんのじょう》時広より出《い》で、長井即永井の本姓は大江ゆえ、荷風の家紋は大江の家紋一∴を用い、宏儒大江匡房《まさふさ》の房をはぶき大江匡とした。

一九　＊七ツ下りの雨　四十男の浮気と七ツ下りの雨はやまぬ。中年になってから放蕩《ほうとう》の味をおぼえた者は、やめる時がなくつづく。雨も朝の雨はすぐ晴れるが、夕方四時（七ツ）すぎに降り出した雨はなかなか止まない。

四一　＊神代帚葉翁《こうじろそうようおう》　神代種亮《たねすけ》。諸種の編集に従い、校正の神様ともいわれた。昭和十年没。

四三　＊依田学海《よだがっかい》　(1833—1909) 漢学者・演劇評論家。本名は百川。演劇改良に関与。脚本「吉野拾遺名歌誉《よしのしゅういめいかのほまれ》」などがある。

＊長堤蜿蜒……　長堤蜿蜒（長いこと）、三囲祠《みめぐりのし》を経て、稍彎《ややわん》状を成し、長命寺に至る。一折桜樹最も多き処《ところ》たり。寛永中徳川大猷《だいゆう》公（家光）鷹《たか》をここに放つ。たまたま腹痛み、寺の井を飲んで癒《い》ゆ。曰《いわ》く、是《これ》長命の水なりと。因《よ》ってその井に名じ、ならびに寺号に及ぼす。後に芭蕉居士《ばしょうこじ》雪を賞する佳句あり。人口に膾炙《かいしゃ》す。嗚呼《ああ》公は絶代の豪傑、其《そ》の名世に震うも、宜《むべ》なるかな。居士は一布衣《ほい》に過ぎずして、同じく後に伝う。けだし人の樹立する所の如何《いかん》に在るのみ。

四六　＊操觚《そうこ》の士　筆をとって文を書く人。著述家。新聞雑誌の記者。

四七　*墨水　隅田川の異称。

*凌雲閣《りょううんかく》　東京、台東区浅草公園にあった十二階建の煉瓦《れんが》造りの建物。明治二十三年建つ。大正十二年大震災の時こわれ撤去された。

四九　*鶴屋南北　(1755―1829) 江戸後期の歌舞伎狂言作者。世話物、怪談物を得意とし、代表作に「お染久松色読販《うきなのよみうり》」「東海道四谷怪談」がある。

五一　*唖々《ああ》君　井上唖々子、名は精一。荷風と中学の同級生。のち一高に入り、胸を病んで廃学。随筆・小説などを書き、新聞社員となり、東京毎夕新聞の校正部長となった。大正十二年七月死去。

六〇　*自前《じまえ》　独立して営業する芸妓。

六五　*迷宮　ラビラント〔Labyrinthe〕は仏語。ここでは玉の井をさす。

六八　*朦朧《もうろう》円タク　あいまい宿に客を誘う等の不正行為を事とする市内一円均一のタクシー。

九一　*紅楼夢《こうろうむ》　中国清《しん》代の小説。前八十回は曹霑《そうてん》の作。著者が病没後、高鶚《こうがく》が四十回を続作。栄国府の貴公子賈宝玉《かほうぎょく》の盛衰とその複雑な家族関係を背景として、多くの男女の愛欲を展開し、宿命的な悲劇性を追窮する。

九七　*林述斎　(1768―1841) 江戸後期の幕府の儒官。林家の中興の祖。和漢の典籍に通暁《つうぎょう》。学徒の養成につとめると共に国書特に国史関係の書の編集出版に尽力。

*成島柳北　(1837―1884) 江戸後期の幕臣・文人。江戸の人。朱子学に通じ、家定・家《いえ》茂《もち》両将軍の侍講《じこう》、のち騎兵奉行《ぶぎょう》・外国奉行。著書に「柳橋新誌」「明治新撰泉譜」「柳北

詩鈔《しょう》」など。

＊物徂徠　(1666—1728)　荻生徂徠《おぎゅうそらい》。江戸中期の儒者・江戸の人。儒教を政治的立場から解釈、古文献解釈の新境地を開く。著書に「論語徴」「徂徠集」など。

＊小野湖山　(1814—1910)　江戸後期の儒者・漢詩人。三河吉田藩の儒臣となったが、安政大獄の時江戸を追放された。維新後は三月ほど官仕したが辞職、以後、詩酒の間に自適した。「湖山楼詩鈔」「湖山楼十種」など。

一〇〇　＊四竹《よつだけ》　竹片を両手に二枚ずつ持ち、手のひらを開合して鳴らすもの。カスタネットに似た音が出る。

一〇二　＊説経　説経節のこと。仏教の経文を平易化した教訓的俗謡。江戸初期に流行した民衆芸能。

＊朱子学　宋《そう》の周敦頤《しゅうとんい》・程伊川《ていいせん》などに始まり、朱子が大成した儒学。

一〇三　＊霞ヶ関の義挙　五・一五事件のこと。昭和七年(1932)五月十五日、政党の腐敗、ロンドン条約による日本海軍力の低下などに憤慨した海軍青年将校・陸軍将校生徒・愛郷塾生らのおこしたテロ事件。首相犬養毅《いぬかいつよし》が殺害された。

一〇八　＊神祇《じんぎ》の礼　神祇はふつう仁義と書く。博徒・職人・露店商人などの初対面の挨拶《あいさつ》。

一一〇　＊乏《ぼう》を承《う》けて　官に任ずることを謙遜していう。適当な人がいないので暫くその空位を補充するという意味。

一一一　＊纏頭《てんとう》　祝儀《しゅうぎ》として与える金銭。

一一四 ＊伊沢蘭軒が伝　大正五年六月から同六年九月まで「東京日日新聞」「大阪毎日新聞」に連載された、森鷗外の史伝「伊沢蘭軒」のこと。

＊三木愛花　（1861—1933）明治・大正の新聞記者で相撲通。著書に「相撲大観」などがある。

一一六 ＊鉛槧《えんざん》　古く、鉛粉（胡粉）で槧（木札）に字を書いたことから、詩文を草すること。文筆業。

＊血盟団　井上日召らが国家革新を目的として結束した右翼団体。昭和七年二～三月に前蔵相井上準之助と三井理事長団琢磨《だんたくま》を射殺した。

一二一 ＊館柳湾《たちりゅうわん》　（1762—1844）江戸幕府郡代の属吏・文人。新潟の人。通称小山雄次郎。詩をよくし、「柳湾漁唱」「林園月令」などがある。

＊東坡《とうば》　蘇軾《そしょく》（1036—1101）の号。宋《そう》の文人・詩人。父の洵《じゅん》、弟の轍《てつ》と共に眉山《びざん》の「三蘇」と称せられる。散文韻文を能《よ》くし、宋の詩人中第一に位するといわれる。

秋庭太郎

解説

秋庭太郎

永井荷風の遠祖は『鎌倉武鑑《かまくらぶかん》』にもみえている名家であり、戦国時代に及んでは徳川家康旗下の武将永井伝八郎直勝があり、直勝は七万二千石を領した大名である。直勝の嫡男《ちゃくなん》正直は故《ゆえ》あって武家を継がず、本国名古屋在の豪農として自立、荷風は即《すなわ》ちその後裔《こうえい》である。荷風の父永井久一郎は尾張藩の筆頭儒者鷲津毅堂《わしづきどう》に学び、師毅堂の娘恆《つね》を娶《めと》ったのである。荷風に儒の思想が潜在したのも外祖父毅堂、父久一郎の学脈を継いだとみるべきであろう。荷風の祖父匡威玉田《まさたけどだ》氏は永井家の養子であったが、玉田家も尾張の素封家であり、その祖は累代《るいだい》織田家の重臣、信長の生母は玉田氏の娘であった。終戦直後、着古しの背広に下駄履きで買物籠《かご》をぶらさげていても、長身の荷風の姿勢にはどことなく気品があり優雅なところがあったと云われたのも育ちや教養のためばかりでなく、その出自にも因《よ》ったのであろう。荷風は氏も育ちも良かったのである。

明治初年、洋行帰りの内務省官吏久一郎の長男として生れた荷風は、小石川金富町《かなとみちょう》の大きな屋敷で書生や女中たちにかしずかれて小学校中学校時代を過したが、中学在学中に小説『春の恨』を試作した如《ごと》く、はやくから文学に興味をもっていた。中学卒業時に吉原にあそび、美術学校へ入学を希望したが許されず、頑健な父と相違して病弱な荷風は気質的にも父と合わず反抗心を募らせた。あたかも荷風が外国語学校へ入学した時は、父が官界を去り日本郵船会社の任地上海《シャンハイ》に在った留守中であったから、荷風に偏愛の情を寄せていた母恆の目を偸《ぬす》み、学校は怠け放題、小説家たらんとして広津柳浪《りゅうろう》門下となり、次いで落語家の弟子となり、新聞の懸賞小説に入賞したりなどしていたが、三十三年春、父が日本郵船横浜支店長となってからも窃《ひそ》かに歌舞伎座の狂言作者の見習いとなること十カ月余にして日出国《やまと》新聞の記者となるなど、その行状は放埒《ほうらつ》を極めたが、荷風の究極の目的は文学者たらんとしていて、その頃からフランス文学に傾倒、最初にゾラを知って、『野心』『地獄の花』『新任知事』『夢の女』を発表した。

息子の将来を案じていた父久一郎は、実学を修めさせるために荷風を米仏に留学せしめた。荷風は父の意図にそむき、ひそかに文学を学ぶべく渡航、アメリカに四年、フランスに一年滞在したが、その米仏五年間の消息の概要は荷風の『西遊日誌抄』によって知ることができ、まさに荷風の青春は米仏に明け暮れたのであって、その留学の成果については中村光夫氏の『荷風の青春』に、「彼ほどの才能と熱情を傾けて、フランス文学の感化をその血肉に享《う》けた作家も、またそこに育てあげた孤独な文学の理念を巧みに我国の伝統に調和した作家もいないのです。……五年にわたる外遊が全体として彼に何を与えたかを考えて見ると、彼は我国の文学者のうち、西洋文明の精神的側面を、たんに理解しただけでなく、身に体して帰った最初の人であったと思われます。……彼は単に外国を知り、外国文学に通じているだけでなく、外国の生活によって文学者として形成された唯一《ゆいいつ》の人なのです」とあるが、図らずも父からの電報によってパリ滞在日数が延長されたため、荷風はパリの旅宿にあった尊敬していた上田敏とも初対面の挨拶《あいさつ》もでき、四月五月のマロニエの花咲く好季節に際会し得て、思うがままにパリの文化や風物に接することができたのであり、荷風も後に、「巴里滞在は文学者としての僕の生涯で一番幸福光栄ある時代」であったと述懐している。

明治四十一年七月に帰国するや、定職もない部屋住みの三十男の荷風は、父への気兼ねや反抗の気持をいだきつつも、帰国した翌八月に『あめりか物語』を出版、好評湧《わ》くが如く、翌四十二年の『ふらんす物語』は発行直前に発禁となったものの、年内に、『狐』『祭の夜がたり』『カルチエー・ラタンの一夜』『深川の唄』『監獄署の裏』

『放蕩《ほうとう》』『祝盃』『歓楽』『牡丹《ぼたん》の客』『帰朝者の日記』『すみだ川』その他の清新な花も香もある耽美《たんび》的浪漫《ろうまん》的な作品を一挙に発表、その上、年末から朝日新聞に文明批評を意図した長編小説『冷笑』を連載するなど質量共に未曾有《みぞう》の創作活動をなし、自然主義文学時代にあって耽美派作家と目された荷風が明治四十二年度における文壇最高の文勲と推称された。

右の如き目をみはるばかりの活躍は相識の森鷗外にも認められ、鷗外の推薦によって学歴教壇歴もない荷風ではあったが、四十三年春、慶応義塾大学文学科文学専攻コースの主任教授となった。同時に自然主義文学の牙城《がじょう》であった早稲田大学文科の「早稲田文学」に対抗するが如く「三田文学」を創刊、荷風はその述作の殆《ほとん》どを「三田文学」誌上に掲げた。

六年間の慶応教授時代、荷風に大作のなかったのは、大学に於《お》ける授業、「三田文学」の編集発行会計事務、幾多の女性関係と茶屋あそび、二度の結婚と離婚、父の死、末弟との不和、京橋築地の別宅移転、うた沢清元の稽古《けいこ》所通いなどにも原因があっただろうが、何よりも教職に在っては奔放な創作活動ができなかったのである。教授時代の荷風の小説『新橋夜話』『戯作者《げさくしゃ》の死』『恋衣花笠森』『夏すがた』が花柳趣味江戸趣味の傾向があったのは作者荷風の私生活の反映である。教授時代のみるべき文業は、その随筆と浮世絵研究と訳詩とであった。即ち『紅茶の後』『大窪だより』『日和下《ひより》駄』と、浮世絵鑑賞研究の諸論と、訳詩集『珊瑚集《さんご》』とであった。

大正五年春、慶応義塾退職直後に趣味的文芸雑誌「文明」に次いで「花月」の主筆となって、両誌に連載した長編花柳小説『腕くらべ』『おかめ笹』は教職に在っては書くことのできなかった作品であった。幾ばくもなく両誌は廃刊、九年に余丁町《よちょう》の父親譲りの邸宅を売却して麻布市兵衛《いちべえ》町に購宅隠棲《いんせい》、親類縁者はもとより文壇人とも新聞社雑誌社とも殆ど交渉を絶った。このように厭人癖《えんじん》を発揮しながらも、芸妓、私娼《ししょう》その他の女出入は屢ば《しばし》であり、愛妾《あいしょう》も囲っていて、荷風の奇人説が噂《うわさ》となったのも偏奇館の主人となってからのことであった。

大正十一年七月、荷風が最も尊敬していた鷗外が歿《ぼっ》し、鷗外晩年の著作であった儒医の史伝を耽読、その影響刺激《しげき》から、荷風は毅堂及び大沼枕山《ちんざん》伝の執筆に明け暮れ、『下谷叢話《そうわ》』を述作、次いで大田南畝《なんぽ》、成島柳北《りゅうほく》その他の儒家詩家の行実を考証、文壇とは一層没交渉となった。大正末期から昭和期に入っては燈刻ともなれば銀座に出遊、荷風のカッフェー通いは有名となった。荷風の沈滞期であり、文壇からも忘れ去られようとしていた。

昭和六年、荷風は久振りに、『紫陽花《あじさい》』『榎物語《えのき》』『つゆのあとさき』の力作を発表、特に当時のカッフェー全盛時代を背景として描いた『つゆのあとさき』は、女給小説の評判作となり、荷風の文壇復活とも取沙汰されもしたが、翌七年の上海事変、血盟団事件、五・一五事件勃発《ぼっぱつ》の時勢の変化から荷風は創作の興味を失ったか、九年八月に私娼を描いた短編の佳作『ひかげの花』を狂い咲きのように発表しただけで沈黙、再び荷風は文壇圏外の作家と見做《みな》されようとしていた。

十一年四月ごろから荷風は濹東《ぼくとう》の玉の井の私娼窟《くつ》に出遊、この陋巷《ろうこう》迷路の娼家の露地口に「ぬけられます」とか「安全通路」とか書かれた灯をかかげた場末の色町にいたく興味を寄せて、毎夜の如くに通い続け客ともなって、馴染《なじみ》の娼家に出入するうちに作興をおぼえ、九月二十日の荷風日記（『断腸亭日乗』）に、「今宵もまた玉の井の女を訪ふ。この町を背景となす小説の腹案漸《ようや》く成るを得たり」と記《しる》し、それから殆ど連日の如く玉の井に出向いて観察、十月七日の日記には、「終日執筆、命名して濹東綺譚となす」とあって、十月末に脱稿、即ちこの小説は約一カ月にして成った。

『濹東綺譚』は脱稿と同時に東京大阪朝日新聞夕刊に連載と決定したものの、年が明けても掲載の月日は決定しなかった。当時の朝日新聞の紙面は、日支事変勃発前の国際関係記事の輻輳《ふくそう》と、朝日新聞社の陸軍試作国産機神風号の訪欧飛行決行前の社をあげての声援報道が連日の如く大きく掲載されていたところから、また玉の井の娼婦を描いた小説を連載するとは時局をわきまえぬとの新聞社内の声もあって『濹東綺譚』の連載が遅延したのである。

十二年四月十五日発行十六日附東京大阪朝日新聞夕刊に『濹東綺譚』は木村荘八の挿絵《さしえ》で連載されはじめ、六月十四日発行十五日附三十五回を以て完結した。時局柄記事輻輳のため屢ば休載したものの、その圧倒的な好評から朝日新聞の夕刊立売りが売切れとなるほどであったという。この小説が完結直後に日支事変が勃発し、それが拡大して太平洋戦争ともなったが、『濹東綺譚』は発表不可能の時勢となる直前に発表された作品であった。

『濹東綺譚』は荷風の代表作であり、中村光夫氏は、この小説を、「彼の白鳥の歌といってよい作品で、彼の資性、教養、趣味など、いわば精神の姿態が渾然《こんぜん》たる表現に達しています」と、その『人と文学』で評しているが、荷風の文学者としての特色を十全に発揮した集大成的な抒情《じょじょう》小説の名作である。また一種の風俗小説ともみられ、玉の井の私娼街を背景として人事に添えて夏から秋への季節の移りゆくさまを描写する呼吸は樋口一葉の『たけくらべ』を踏襲したのではないかとさえ思われる。一葉好きの荷風だけに『濹東綺譚』執筆に当って『たけくらべ』を意識していたものの如く、『濹東綺譚』も『たけくらべ』も物語りの筋のある小説というより、作中人物の生活や事件が展開する場所や背景を情味を以て克明に描き写した一種の随筆的小説であった。明治二十年代の吉原界隈《かいわい》の風情情緒を背景に描写した『たけくらべ』と同様に、『濹東綺譚』は昭和十一年ごろの玉の井の色町を背景として、わたくしなる人物と娼婦お雪とのはかないえにしが、秋の季節の変り目とともに消え去ってゆくさまを詩情を以て叙し、人物の性格や心理を描くよりも玉の井の謂《い》うところの迷宮《ラビラント》の風情を香気漂う如くに描いたのである。それだけに玉の井の実態が描かれていない、現実性を欠くとの評もあった。然《しか》し荷風の意図は、あたかも一葉の『たけくらべ』、柳浪の『今戸心中』、泉鏡花の『註文帳《ちゅうもんちょう》』が明治の吉原を伝えた如く、玉の井という昭和の私娼窟を風物詩的に後世に伝え残そうとしたのである。元来、荷風は思索的論理的な作家でなく感覚的心情的な作家であって、その文章の妙は一葉に匹敵するものがあり、荷風の本領は小説よりも随筆にあると謂われる所以《ゆえん》である。

『濹東綺譚』執筆の動機は偶然からであった。散策好きの荷風が昭和十一年はじめ、吉原の廓《くるわ》を背景に浅草小説を書くべく、取材のため吉原界隈へ出遊の際、その取材を兼ねての散策の足が濹東の玉の井へのび、吉原の公娼街よりも玉の井の私娼街に興味をそそられ、この陋巷へ通い続け、見聞を重ねた上で『濹東綺譚』の執筆となったのである。『濹東綺譚』の書出しが浅草公園から吉原の裏町の古本屋の描写となっているのもこれがためである。お雪は荷風の馴染にした敵娼《あいかた》をモデルにしたというより、この土地の娼婦の誰彼をモデルにしてつくられた娼婦とみるべきであろう。筆者はお雪のモデルと伝えられる大きな島田に結った長襦袢《ながじゅばん》姿の小柄の容貌《きりょう》のいい荷風好みの娼婦の写真を所有しているが、この写真は荷風が玉の井へ一緒に出遊していた渡辺という友人に贈ったものである。昭和十二年初版『濹東綺譚』の見返へ「渡辺様永井荷風」と墨書署名の贈呈本に添えて窃かに与えた写真である。『濹東綺譚』の一節に、「一体、この盛場の女は七八百人と数えられているそうであるが、その中に、島田や丸髷《まるまげ》に結っているものは、十人に一人くらい。大体は女給まがいの日本風と、ダンサア好みの洋装とである」とあり、お雪のモデル写真はその罕《まれ》な島田を大きく結い、「少し大き過る潰《つぶ》し島田の銀糸とつりあって」と書かれているのと符合し一致した写真である。然し荷風がモデルにしたお雪の写真とは断定し難く、わたくしとお雪の関係も事実と空想よりなったものであろう。

わたくしなる人物がお雪と別れる理由は、お雪が女房《おかみ》さんにしてくれと云い出したことからであって、女は人妻となれば懶婦《らんぷ》か悍婦《かんぷ》になるからだと敬遠するのである。これはわたくし即荷風の女性観結婚観であり、女性不信の作者の性向が窺《うかが》われるものの、お雪をいと惜しむ結末の余韻ある巧みな描写に陶酔して作者の女性観などを是非する余裕を与えない。溝蚊《どぶか》のうるさい場末の色まちを描いていながら作中に漂う詩趣は荷風ならではの筆致である。蓋《けだ》し『濹東綺譚』は荷風の代表作であるのみならず、汎《ひろ》く昭和文学屈指の名作と云ってよいであろう。

戦争中の荷風は官憲からにらまれ、その作品発表は不可能となり、中村光夫氏が云う如く、荷風は生き埋め同様にされた時代であった。勿論《もちろん》、荷風は戦争に非協力であり、軍部に反抗はしていたものの、生来の傍観者的態度から戦争をも徹頭徹尾傍観視していた。戦争当初の十三年に荷風作の浅草オペラ『葛飾《かつしか》情話』を上演した縁から浅草六区のレビュー劇場の楽屋に入りびたって女優踊子たちと交り、その間、発表の目当てもない『踊子』『勲章』『浮沈』『問はずがたり』『来訪者』の小説と、『為永春水』の伝記を執筆していた。軍国政府に対する反抗的態度は終始していたが、戦時中に書いた小説にはそうした政府攻撃なり批判なりの文字は殆どみられず、寧《むし》ろ戦争などには無関心に、荷風自身が娯しみながら小説の筋や人物を描き、戦時中の物語であっても、戦争を是非したような作品はなかった。太平洋戦争の最中に人情本作者の伝記を孜々《しし》と書いていたのである。

終戦直後、戦争中に書溜《かきた》めた作品が一挙に発表され、何《いず》れも好評を博し、荷風ブームと謂われもしたが、かくもこれ等の作品が愛読されたのは、今更らしい戦時臭がなかったからであろう。

荷風は戦後に二十数編の小説を執筆発表したが、悉《ことごと》くが短編であったのは老齢となって面倒くさくなったからだと荷風自身が云っている。これ等の小説は戦後の荒廃した世態風俗人情を皮相的に描いた味気ないものばかりであって、これを大正後半期に発表した七頁か十頁程度の短編小説『春雨の夜』『芸者の母』『寐顔』などと比較すると雲泥の差があって、戦後作品の拙劣さが分る。これは戦後の小説のみでなく、詩魂の衰えからか、荷風の日記書簡の文章文面にも窺われる。即ち昭和二十六年以後の日記書簡は簡略を極め、これまでにみられた気品を全く失った。戦後作品にしてみるべきは、二十五年までに執筆発表した『墓畔の梅』『草紅葉』『葛飾土産』などの詩趣あふるる随筆にあった。

戦後、荷風の奇行はいろいろ伝えられたが、その孤独に徹した死もまさに非凡であった。

（昭和五十二年十月、演劇史研究家）

年譜

明治十二年（一八七九年）本名壮吉、十二月三日、東京市小石川区金富《かなとみ》町四五番地（現、文京区春日二ノ二〇ノ一）に、父永井久一郎、母恆《つね》鷲津氏の長男として生れた。父内務省官吏。

明治二十二年（一八八九年）十歳　小石川私立黒田小学校尋常科第四学年卒業。小石川竹早町東京府尋常師範学校付属小学校高等科入学。

明治二十三年（一八九〇年）十一歳　父は帝国大学書記官を経て文部大臣芳川顕正の秘書官となり、一家は麹町《こうじまち》永田町一丁目の官舎に移った。

明治二十四年（一八九一年）十二歳　六月父は文部省会計局長に転任、小石川の本邸に帰った。九月、東京高等師範学校付属尋常中学科第二学年に編入。

明治二十六年（一八九三年）十四歳　十一月、父は金富町の邸宅を売却、麹町区飯田町黐《もち》ノ木坂の借家に移った。

明治二十七年（一八九四年）十五歳　十月、一家は更に麹町区一番町四二番地の借家に移転。書を岡三橋に、画を岡不崩に学んだ。年末に瘰癧《るいれき》のため下谷の帝国大学病院に入院。

明治二十八年（一八九五年）十六歳　四月、小田原足柄病院、逗子《ずし》永井家別荘に療養、文学書を読みはじめた。九月、第四学年に復学した。

明治二十九年（一八九六年）十七歳　荒木古童《こどう》より尺八を習い、岩溪《いわたに》裳川に漢詩を学んだ。

明治三十年（一八九七年）十八歳　三月、父文部省を退職、日本郵船会社に入社、同社上海《シャンハイ》支店長となった。九月父の任地清国上海に遊び、十一月末帰国と同時に神田の高等商業学校付属外国語学校清語科に入学。

明治三十一年（一八九八年）十九歳　九月広津柳浪《りゅうろう》門下となった。

明治三十二年（一八九九年）二十歳　正月から秋ごろまで落語家朝寝坊むらくの弟子となり、また新聞懸賞小説に入賞、初冬に巖谷《いわや》小波《さざなみ》主宰の木曜会会員となった。十二月、在学中の外国語学校は欠席がちのため除籍された。

明治三十三年（一九〇〇年）二十一歳　二月、父は郵船横浜支店長に栄転した。春、親友啞々《ああ》井上精一と共に「文芸倶楽部」主任三宅青軒を訪ね、作品発表の場を得、六月、歌舞伎座福地《ふくち》桜痴《おうち》門下として狂言作者見習いとなった。

明治三十四年（一九〇一年）二十二歳　四月、歌舞伎座を去り、日出国《やまと》新聞に入社、小説『新梅ごよみ』を連載したが、九月に解雇された。

明治三十五年（一九〇二年）二十三歳　父が牛込区大久保余丁町《よちょう》七九番地に地所家屋を購《あがな》い移転、邸宅を来青閣と称した。ゾラに傾倒。四月、『野心』、九月、『地獄の花』を刊行。十月、『新任知事』を発表、モデル問題から叔父阪本釤之助に絶交された。

明治三十六年（一九〇三年）二十四歳　森鷗外と初対面。五月、『夢の女』刊行。九月父の命により渡米しタコマに滞在。古屋商店タコマ支店支配人宅に寄寓《きぐう》、ハイスクールに通った。

明治三十七年（一九〇四年）二十五歳　専らフランス文学に傾倒、十一月、カラマズ大学に移り聴講生としてフランス語を勉強した。

明治三十八年（一九〇五年）二十六歳　六月末ニューヨークに転じ、従兄の領事館員永井松三の世話でワシントン日本公使館臨時雇となった。娼婦イデスを知った。十月末解雇され、十二月、父の配慮により、横浜正金銀行ニューヨーク支店見習行員となった。

明治三十九年（一九〇六年）二十七歳　不本意な銀行勤めのかたわら音楽演劇を鑑賞、アメリカ見聞記を執筆、ニューヨークに来ったイデスと耽溺《たんでき》生活を続けた。

明治四十年（一九〇七年）二十八歳　七月、正金銀行リヨン支店へ転勤。同月三十日フランスのリヨン到着。勤務成績は相変らず不良であった。

明治四十一年（一九〇八年）二十九歳　三月、独断で銀行を辞職。二十八日パリ着、あこがれのパリ生活に明け暮れ、五月二十八日パリを去り、七月中旬に帰国。八月、『あめりか物語』刊行。

明治四十二年（一九〇九年）三十歳　三月、『ふらんす物語』発禁。初夏、新橋の妓富松と狎《な》れ親しんだ。九月、『歓楽』発禁。夏目漱石、市川左団次を知った。十二月より朝日新聞に『冷笑』を連載。この年『すみだ川』その他数十編の清新な作品を発表した。

明治四十三年（一九一〇年）三十一歳　二月、慶応義塾大学文学科文学専攻の主任教授となり、五月、「三田文学」を創刊。夏、富松の他に新橋の妓八重次と関係した。

明治四十四年（一九一一年）三十二歳　十一月、西園寺公望《きんもち》の雨声会に招かれ出席。

明治四十五年・大正元年（一九一二年）三十三歳　九月、斉藤ヨネと結婚、十一月、『新橋夜話』刊行。十二月三十日夕、父脳溢血《のういっけつ》で卒倒、八重次宅に在って凶変を知らなかった。

大正二年（一九一三年）三十四歳　一月二日、父死去。二月、ヨネを離婚。四月、『珊瑚《さんご》集』刊行。十月、留学中の末弟威三郎が帰国した。

大正三年（一九一四年）三十五歳　三月、八重次事金子ヤイと結婚、披露はしなかった。威三郎と不和となった。八月、『日和《ひより》下駄』連載。

大正四年（一九一五年）三十六歳　一月、『夏すがた』発禁。二月、ヤイと離婚。

大正五年（一九一六年）三十七歳　二月、慶応義塾辞職。四月、「文明」創刊。八月、『腕くらべ』連載。

大正六年（一九一七年）三十八歳　九月より日記を書き始めた。

大正七年（一九一八年）三十九歳　五月、「花月」創刊。『おかめ笹』連載。十一月、邸宅を売却、築地二丁目に転宅。十二月より春陽堂版「荷風全集」続刊。

大正八年（一九一九年）四十歳　十一月、麻布市兵衛《いちべえ》町に木造洋館を買入れた。

大正九年（一九二〇年）四十一歳　三月、『江戸芸術論』刊行。五月、市兵衛町へ移転、偏奇館と称した。

大正十年（一九二一年）四十二歳　三月、『雨瀟瀟《しょうしょう》』発表。

大正十一年（一九二二年）四十三歳　三月、『雪解』発表。

大正十二年（一九二三年）四十四歳　鷗外史伝の影響により読書傾向一変、儒家文人の伝記研究に従事した。

大正十五年・昭和元年（一九二六年）四十七歳　三月、『下谷叢話《そうわ》』刊行。

昭和二年（一九二七年）四十八歳　関根歌を囲い、カッフェー女給と悶着《もんちゃく》を起した。十二月、実弟鷲津貞二郎死去。

昭和六年（一九三一年）五十二歳　三月、『紫陽花《あじさい》』、五月、『榎《えのき》物語』、十月、『つゆのあとさき』発表。愛《あい》妾《しょう》歌と別れた。

昭和九年（一九三四年）五十五歳　八月、『ひかげの花』発表。

昭和十二年（一九三七年）五十八歳　四月から『濹東綺譚』を東京大阪朝日新聞夕刊に連載好評を博した。九月、母死去、葬儀に参列しなかった。

昭和十三年（一九三八年）五十九歳　五月、創作オペラ『葛飾情話』浅草オペラ館に上演。

昭和十九年（一九四四年）六十五歳　三月、杵屋《きねや》五叟事大島一雄二男永光を養子入籍した。

昭和二十年（一九四五年）六十六歳　三月、空襲によ

り偏奇館焼失。六月、菅原明朗夫妻に伴われ明石へ疎開、岡山で終戦。八月末帰京。従弟杵屋五叟の疎開先熱海に赴き同居。
昭和二十一年（一九四六年）六十七歳　一月、市川市菅野の借家へ五叟一家と移り、正月、『踊子』『勲章』『浮沈』、二月、『為永春水』、三月、『罹災《りさい》日録』、七月、『問はずがたり』、九月、『来訪者』、十二月、『草紅葉』その他を一挙に発表した。
昭和二十二年（一九四七年）六十八歳　十二月、末弟威三郎と三十数年ぶりで会見、和解した。
昭和二十三年（一九四八年）六十九歳　浅草六区の劇場楽屋に再び出入し女優踊子と昵懇《じっこん》となった。五月、『四畳半襖《ふすま》の下張』事件起る。三月より中央公論社版「荷風全集」続刊。
昭和二十五年（一九五〇年）七十一歳　一月、『葛飾土産』発表。
昭和二十七年（一九五二年）七十三歳　文化勲章を受けた。
昭和二十九年（一九五四年）七十五歳　一月、芸術院会員となった。
昭和三十二年（一九五七年）七十八歳　三月、市川市八幡町新築の自家に独棲《どくせい》。四月、従兄松三死去。十月、従弟五叟死去。
昭和三十四年（一九五九年）八十歳　三月、浅草出遊の際に発病、四月三十日午前三時ごろ、自宅奥六畳の部屋で吐血、死去していた。東京雑司ケ谷の永井家墓地に葬られた。

秋庭太郎編

表記について

新潮文庫の文字表記については、原文を尊重するという見地に立ち、次のように方針を定めました。

一、旧仮名づかいで書かれた口語文の作品は、新仮名づかいに改める。
二、文語文の作品は旧仮名づかいのままとする。
三、旧字体で書かれているものは、原則として新字体に改める。
四、難読と思われる語には振仮名をつける。
五、漢字表記の代名詞・副詞・接続詞等のうち、特定の語については仮名に改める。

本書で仮名に改めた語は次のようなものです。

恰→あたかも　〜切った→〜きった　流石→さすが
〜知ら→〜しら　兎に角→とにかく　果敢い→はかない
亦→また　儘→まま　最早や→もはや
矢張り→やはり

濹《ぼく》東《とう》綺《き》譚《たん》

新潮文庫　な－4－3

昭和二十六年十二月二十五日　発行
平成二十三年十月五日　八十二刷改版
令和六年十二月二十日　八十九刷

著者　永《なが》井《い》荷《か》風《ふう》

発行者　佐藤隆信

発行所　株式会社　新潮社

郵便番号　一六二—八七一一
東京都新宿区矢来町七一
電話　編集部(〇三)三二六六—五四四〇
　　　読者係(〇三)三二六六—五一一一
https://www.shinchosha.co.jp

価格はカバーに表示してあります。

乱丁・落丁本は、ご面倒ですが小社読者係宛ご送付ください。送料小社負担にてお取替えいたします。

印刷・錦明印刷株式会社　製本・錦明印刷株式会社
Printed in Japan

ISBN978-4-10-106906-7　C0193